# CATHÉDRALE

# Du même auteur

*Aspre oubliée* (1995) Poésie

*Le Prisonnier qui avait goût de sel* (2006) Roman

*Brave Nouvelle Terre* (2009) Poésie. Collection « Asile Poétique »

*La petite fille de laine* (2010) Conte

*Contes des Collines de l'Aspre* (2010)

*Le petit poisson et le clocher* (2011) Conte

*Le philtre de mal d'amour* (2012) Conte philosophique

*La Chapelle de La Trinité. Histoire et Présence* (2013)

*L'Enfant des Flower People* (2014) Roman

*L'autre femme* (2014) Nouvelle

*De la montagne vint une source* (2017) Roman

MARIE PROUVOT-PIC

# CATHÉDRALE

Roman

© Marie Prouvot-Pic, 2022

marieprouvotpic@gmail.com

Édition : BoD – Books on Demand, info@bod.fr

Impression : BoD – Books on Demand,

In de Tarpen 42, Norderstedt (Allemagne)

Impression à la demande

ISBN : 978-2-3224-4718-3

Dépôt légal : juin 2022

*Et, penchés à l'avant des blanches caravelles,*
*Ils regardaient monter en un ciel ignoré*
*Du fond de l'Océan, des étoiles nouvelles.*

José Maria de Hérédia

# I

# 1

# Epousailles

Ce trente Mars de l'an de grâce14... fut célébré le mariage de Anne Claire de Beauval-La Force et de Sire Jacques Armoise, armateur en sa bonne ville de Nantes. Dans ce port florissant à l'estuaire de la Loire, et ouvert sur l'océan porteur de toutes routes et échanges, il possédait quatre vaisseaux marchands de bon tonnage, qui faisaient commerce avec les pays par delà les mers.

C'était peu de jours après le temps de Pâques, et printemps était tout juste à son orée. Pâques avait été précoce cette année là, à cause de la pleine lune d'équinoxe, comme le fixent les dates canoniquement calculées par les hautes autorités ecclésiastiques. Hiver donnait encore sa froidure, et les brumes sur les marais abritaient encore dans leurs frémissements blanchâtres les esprits mystérieux pour lesquels l'Eglise toute puissante n'avait que condamnation mais pas maîtrise.

Bien que la famille de Anne- Claire fût pressée de voir ce mariage s'accomplir, on avait laissé passer le temps de Carême, les fleurs blanches, les cantiques joyeux, et les festoiements n'étant pas en bon accord avec ce temps de rigueur liturgique.

\*\*\*

Ce jour-là, comme le soleil montait doucement dans sa course encore timide de l'hiver, les brumes sur les étangs se dissipèrent, diffractant la lumière où se mêlaient imperceptiblement le ciel et la terre.

Et dans ce tableau chuchoté de pastels les plus fins, la cloche de la Chapelle du château sonna et sonna pour la messe nuptiale.

Le curé du village voisin était toujours prêt à célébrer quelque office en cette chapelle, comme une sanctification de son sacerdoce, en raison du respect que lui-même et la population locale toute entière partageaient pour cette famille de vieille noblesse, héritière de ce nom et de ce domaine depuis des siècles.

## 2

## Noblesse et Bourgeoisie

Pourtant, en ce pays de France, bien des choses étaient en grand changement. La haute noblesse du pays avait payé un lourd tribut aux guerres avec l'Angleterre, et la fine fleur de la Chevalerie française avait été décimée à Azincourt. Non seulement les fils des plus hautes lignées du pays avaient été massacrés par les archers anglais, mais toutes les valeurs chevaleresques avaient été anéanties, ce monde où les épées portaient des noms, ce monde des adoubements et de l'amour courtois, ce monde où loyauté et droiture étaient tout le sens de leur vie. Et beaucoup de ces nobles enfants élevés pour ce qu'on appelait alors la Chevalerie, ne revirent jamais le château de leur enfance, où la noblesse de leur lignée méritait tous les engagements.

Et une nouvelle classe était devenue montante. La bourgeoisie commerçante, qui semblait régner désormais, non point de par ses hautes naissances, mais de par ses écus sonnants et trébuchants, et une intelligence indéniable de toutes choses sur le fonctionnement du monde.

\*\*\*

C'est sur cet étrange paradoxe que s'élaborèrent les épousailles de Anne-Claire de Beauval, et de Sire Jacques Armoise. Bien sûr, contrairement à une idée fort répandue en ce temps là, la noblesse profonde de l'être n'est pas due à la naissance, et à quelque « sang bleu » génétique, mais plutôt à l'éducation reçue. Et ceci fut admis par les générations futures, bien longtemps après.

Ce mariage fut néanmoins porteur d'une tendance révélatrice de ce temps. Et si bien des choses étaient en mutation, la montée d'une bourgeoisie aisée ne laissait pas indifférente la petite noblesse de province.

*** 

On avait donc jugé convenable de dépasser le temps de Carême pour laisser place aux festivités des noces, mais pour la jeune fiancée silencieuse, il en était bien autrement.Car dans le cœur de Anne-Claire régnait la plus immense tristesse. Et les signes de deuil eussent été plus à l'unisson de la souffrance de son âme que toutes les exubérances de mousseline et de blancheur qu'affichait sa famille en cet étrange jour où elle avait l'impression de ne plus exister.

Dans ces temps là, la négociation d'enfants, ou de jeunes filles qui sont encore des enfants, n'était pas considérée comme un crime, ni punie par la loi ou par l'Eglise, elle était même bénie par les liens sacrés du mariage.

# 3

# L'adieu à l'enfance

Anne-Claire quitta donc le beau château de son enfance, le grand parc, les massifs de fleurs, les matins de brume sur les étangs, et tout le joli tissu fait d'images, de senteurs et de sensations qui avaient fait le terreau de sa jeune vie.

Dans les souvenirs qu'elle emportait doucement, il y avait aussi ce jeune paysan qui venait au château porter des œufs et du lait. Elle avait alors dix ans et lui aussi. Il était si joli, comme ce n'est pas permis d'être joli, surtout vue son humble condition. Comme si la Nature eût été obligée de respecter les castes et les privilèges.

Il leur arrivait parfois d'aller tous deux jusqu'à la mare, et de s'asseoir dans l'herbe, échappant à la surveillance, avec la tendre complicité de la vieille nourrice qui gardait pour la jeune enfant une affection sans bornes. Tant les liens du lait avaient parfois, et même souvent, une supériorité dans l'attachement sur les liens du sang.

Ils s'asseyaient sur l'herbe, et regardaient les canes suivies de leur flopée de canetons, appliqués à nager dans leur jeune vie sur les eaux tranquilles de la mare.
Alors, tandis qu'ils étaient là tous deux dans la douceur du moment, il lui prenait la main et la serrait contre sa poitrine, puis la couvrait de baisers….

La petite fille avait enfoui dans le secret de son cœur toutes ces jeunes émotions. Tant chez elle, le désir de rester intacte touchait non seulement le corps, mais même le cœur. Comme si la virginité fût aussi celle du cœur, comme si le premier amour se dût d'être le bon, le définitif, le diamant, l'éternel. Quel miasme était venu se poser sur tous ces rêves, toutes ces aspirations pour salir à jamais l'enfance qui battait en elle ?

***

Il y avait eu aussi ce grand bonheur qui avait presque changé sa vie, ça avait été lorsque son parrain lui avait offert, pour son quatorzième anniversaire, une jument, qui lui était devenue dès lors une compagnie quotidienne. Le parrain, dont on dit qu'il est le père spirituel, avait été là d'un grand bienfait. Et, bien qu'il les eût quittés trop vite, Anne Claire ne l'oublia jamais.

Il avait été pour la jeune fille, « plus doux que mère », comme le disait par ailleurs François Villon de l'homme qui le prit sous son aile et lui permit de faire des études.

***

Elle avait appris très vite à monter à cheval, et faisait de longues promenades dans les bois de haute futaie du domaine. Une nouvelle ivresse pénétra alors dans sa vie, éveillant en elle un côté insoupçonné et vigoureux qui lui remplissait les poumons de vitalité tandis qu'elle parcourait les chemins en faisant voler les feuilles mortes, et que l'air vif rosissait ses joues.

A cette époque, bien sûr, l'équitation était réservée à la gent masculine, mais une certaine pucelle qui bouta les anglais hors de France avait montré une image possible d'une femme à cheval, chose assez rare en ce temps-là.

C'était peut-être la seule hardiesse, qui révélait déjà la petite Anne-Claire comme un être secrètement volontaire, malgré sa douceur de petite fille sage.

Et de tout ce passé étrangement bref, si bref qu'il méritait tout juste le nom de « passé » pour un être aussi juvénile, elle tourna douloureusement la page pour aller s'installer dans la grande demeure grise de son époux, sise au cœur de la bonne ville de Nantes.

# 4

# La maison de Nantes

Sa vie quotidienne s'organisa tout doucement. L'église paroissiale n'était pas très loin, et elle pouvait s'y rendre à pieds, accompagnée d'une demoiselle de compagnie.

Elle avait obtenu néanmoins que sa jument fût emmenée, et au bas de la maison, se tenait ce que l'on appelait alors un charroi, et une écurie où on prenait soin des bêtes. La jeune femme avait un peu perdu le désir de chevaucher par les bois, mais fut contente tout de même de garder cette porte ouverte à un peu de liberté et de vitalité.

***

Son endroit favori dans la grande demeure devint vite la haute fenêtre, où l'on pouvait s'asseoir sur un petit banc de pierre attenant, et dont la vue donnait directement sur la Grand' Place où se tenaient périodiquement les marchés. C'était un lieu très animé, avec toutes sortes d'étals et d'artisans, et aussi des jongleurs de rue, cracheurs de feu, et cent autres petits spectacles de baladins et danseurs, dans un climat de foule et de couleurs.

De plus, notre jeune épouse se fit offrir une harpe, qui lui devint une compagnie d'excellence. Elle s'était aussi procuré quelques copies de poèmes, comme on pouvait en trouver, bien qu'ils fussent très rares.

# 5

## Poésie et musique

Ainsi elle psalmodiait des chansons et complaintes, laissant flotter sa mélancolie comme une caresse qui la guérissait. Il y avait, bien sûr, la Chanson de Roland, épopée un peu ancienne déjà, mais toujours si belle.

> « Li quens Roland se jut desous un pin
> envers Espaigne en a turné son vis
> de tantes coses a remember li pris
> de Carlemagne, son seigneur qu'il nurit… »

Il y avait aussi Christine de Pisan, la montée d'un poésie de femme, et la douceur de ses vers.

> « Seulette suy, dolente ou apaisée,
> Seulette suy, plus que nulle égarée
> Seulette suy, pour moy de pleurs repaistre »

Et aussi, ces nouveaux textes de François Villon, la Ballade des Pendus…

> « Car si de nous pitié pauvres avez
> Dieu en aura plus tôt de vous merci. »

Savait-elle seulement que le poète menait une vie de bohème, allant de tavernes en rixes, de rixes en prisons ? Ou peut-être ressentait-elle déjà combien le fossé qui peut exister entre l'amour humaine et les choses imposées par les hommes et l'Eglise était abyssal, et combien un être pouvait être tout à la fois condamnable par les lois et les dogmes et regardé avec bienveillance pour la sincérité de son cœur.

Un des ses poèmes préférés était la « Ballade pour prier Notre Dame », écrite à la requête de la mère du poète, et qui lui était, très étrangement, d'un grand bienfait.

« Femme je suis, pauvrette et ancienne,
qui rien ne sais, oncques lettres ne lus.
Au moutier vois, dont je suis paroissienne,
Paradis peint, où sont harpes et luths
Et un enfer où damnés sont boullus. »

Elle restait muette, en larmes, devant le miracle d'un tel être humain capable de dire en trois mots des choses aussi poignantes et aussi belles.

Mais le poème qu'elle récitait le plus souvent, en s'accompagnant à la harpe, et qui pourtant n'était guère réjouissant, c'était « La Complainte du Roi Renaud », qui évoquait le terrible destin des preux partant guerroyer plutôt que la gloire des batailles et conquêtes :

« Le Roi Renaud de guerre revint
 portant ses tripes dans ses mains.
Sa mère est à la tour en-haut
 qui voit venir son fils Renaud.

Renaud, Renaud réjouis-toi
ta femme est accouchée d'un roi.
…
Et quand ce fut vers la minuit
le roi Renaud rendit l'esprit.

Elle psalmodiait doucement ces paroles, en s'accompagnant de la harpe, et les larmes roulaient sur ses joues, et très étrangement, cette complainte lui faisait du bien, comme si la douloureuse histoire de l'humain lui fût un baume, comme le furent depuis toujours les longues évocations de la tragédie et des deuils chantés par les aèdes, les bardes et les trouvères, depuis l'aube de l'humanité. Depuis le théâtre d'Epidaure jusqu'aux murs épais des donjons, à peine réchauffés par le feu de quelque cheminée ancestrale.

Lors, dans sa complainte, la jeune femme avait refusé la terrible fin de l'histoire, où la mère et l'enfant rejoignent le roi défunt dans sa tombe.

Elle imaginait une fin où l'enfant nouveau-né était sauvé, et elle mettait cela en mots et en musique, avec cette volupté propre à tous les écrivains de détenir cette faculté de « fabriquer la vie ». Par son imagination tout à la fois exubérante et déjà rebelle, en sauvant cet enfant que la tradition médiévale avait enseveli avec ses royaux père et mère, elle révélait à elle-même un désir profond qui commençait à l'habiter.

Toute la détresse de ce mariage insensé qui avait été le sien allait se muer dans la douceur de son âme et peut-être une obéissance à sa nature de femme, en un profond désir d'enfant.

II

# 1

# L'attente

Bien que son époux l'honorât avec assiduité, habité par quelque vigueur masculine décuplée par la beauté de sa jeune épouse, aucune naissance ne s'annonçait. Chaque mois, la jeune femme attendait, dans le secret de son corps, un signe qui lui donnerait la certitude d'être bientôt mère. Mais rien ne venait.

Dans sa vie de petite fille sage, la survenue de ses cycles avait été la seule chose qui l'avait reliée à sa soudaine vie de femme. Encore une fois, ce fut sa nourrice qui lui avait expliqué. Et expliqué aussi que, pour une femme, quand ce cycle s'arrêtait après qu'elle ait « connu » un homme, cela voulait dire qu'il y avait une grossesse. Un enfant qui allait venir dans le ventre. Mais là, rien ne venait.

Anne-Claire allait souvent jusqu'à l'église, et s'asseyait en silence devant une statue qui représentait la vierge et l'enfant. Déjà, lorsqu'elle était encore au château familial, elle allait prier dans la pénombre de la chapelle, et se laissait baigner par la douceur du lieu et l'odeur des fleurs coupées. Elle regardait surtout cet enfant dans les bras de sa mère. Et battait en elle, sans qu'elle le sût vraiment, l'instinct le plus profond, le plus immémorial que l'on appelle communément l'instinct maternel.
Cet instinct qui, dans le monde animal, fait porter le petit, puis, chez toute femelle de toutes espèces, dicte, sans préparation aucune, ni aucun enseignement, les gestes et les comportements pour s'occuper du nouveau-né. La Nature étant toute puissante, et son unique souci étant la perpétuation de l'espèce.

Instinct qui, chez la Femme, s'accompagne parfois de quelques complications, l'être humain n'étant, comme il fut dit plus tard « ni ange ni bête ».

Les jours passaient, et passaient, et la seule chose qui eût réconcilié la jeune femme avec ce mariage insensé aurait été, sans doute, un enfant, un enfant à chérir, à nourrir, à langer, à bercer, à être sien, un enfant qui aurait donné à sa vie de femme mutilée et meurtrie un sens, quand même un sens, malgré tout un sens…

# 2

# Mère Madeleine

Comme elle s'était risquée à quelques confidences sur cette préoccupation qui ne la lâchait plus, sa suivante la plus proche lui parla alors d'une femme qui habitait à la sortie du bourg, guérisseuse, connaissant le secret des plantes, et sage-femme bien connue dans la contrée.

Anne-Claire demanda des précisions sur l'endroit où était sa maison, bien décidée à aller la voir, ne sachant pas trop ce qu'elle allait lui demander.

Elle sentait confusément combien son besoin de trouver conseil tenait plus d'un désir de réconfort, que d'une demande de quelque tisane ou décoction d'herbes censées guérir les maux de la terre. Et aussi, de savoir que le métier de cette personne était, avant tout, sage-femme, ceci la reliait avec son propre fonctionnement, et l'immense question de ce ventre qui était le sien, et qui ne lui donnait rien, quand tant d'autres femmes avaient droit à quelque chose de simple et de familier, en ce domaine qui appartient aux plus humbles comme aux plus fortunés. Et une sorte de besoin profond l'attirait vers ce climat qu'elle ne connaissait pas mais qu'elle pressentait, ce climat de la maternité, de la naissance, de tout ce monde secrètement gardé et retransmis par les femmes depuis la nuit des temps.

Elle irait, elle irait donc. Une après-midi, elle ferait un détour dans sa chevauchée forestière et elle irait voir Mère Madeleine.

# 3

# De la maternité et de la femme

Comme la jument approchait de la petite maison dans les bois, la porte s'ouvrit brusquement. Une femme se tenait dans l'entrée. Notre jeune cavalière s'arrêta avec un sourire, mais elle cru déceler une inquiétude dans le visage qui attendait de savoir pour l'accueillir :

« Je n'aime pas trop entendre un galop de cheval approcher. C'est une vieille crainte que j'ai, mais soyez la bienvenue », dit-elle, devant le regard engageant de la jeune fille.

Elles entrèrent toutes deux dans la maison. Le mobilier y était tout simple, mais chaleureux. Une grande table devant l'âtre, et deux bancs de bois brut. Mère Madeleine fit un geste bienveillant :

« Asseyez vous » lui dit-elle, « là, juste en face du feu. »

Un feu, en effet, pétillait dans l'âtre, doux, chaud, réconfortant. La cheminée était de construction rudimentaire, les chenets posés à même le sol, une grosse poutre tenant le manteau, et le conduit en était sans doute large et bien conçu, car le tirage était vigoureux et la pièce ne portait guère de traces de fumée.

— Une petite tisane pour commencer ? Ensuite vous me direz le pourquoi de votre visite.

Mère Madeleine avait l'habitude de voir des jeunes filles, ou des jeunes femmes venir la voir, c'était toujours bien sûr concernant la maternité, mais les questions n'étaient pas toujours les mêmes.

Elle se leva et alla chercher une bouilloire qui se trouvait sur un chauffe-plat contre le mur. C'était un plan en pierre comportant deux ouvertures dans lesquelles on déposait des braises rougeoyantes, et qui servait à réchauffer les pots et gamelles, tandis que le feu de cheminée était réservé au chaudron et à sa crémaillère.

Tout était si doux, si chaud… C'était presque différent des cheminées hautaines de sa grande demeure de Nantes, où, malgré l'assiduité des servantes et valets, elle était toujours à la limite de frissonner, et s'enveloppait souvent d'une cape de laine pour se tenir au chaud.

Mère Madeleine versa la tisane dans de petits bols :
« Alors, raconte moi un peu. »

Anna Claire raconta…

Elle raconta, et raconta sa détresse, son quotidien, son attente, son espoir…

Mère Madeleine resservit de la tisane, et ajouta un morceau de galette au beurre.

Elle sourit et passa sa main sur la main de la jeune femme :
« Ma petite. C'est vrai que ta demande n'est pas de tous les jours ! Souvent, c'est le contraire… »
Elle se laissa emporter quelques instants par le poids de sa propre expérience :

… Il y a tant d'injustice entre les hommes et les femmes. Les hommes, toujours conquérants, et pas seulement les nobles, mais aussi ceux qu'on dit manants, ils répandent leur semence selon leur plaisir, et les filles se retrouvent prisonnières dans le profond de leur chair, et jugées par tout le monde ! »

Une ombre étrange passa dans le regard de Mère Madeleine. Anne-Claire ne put la déchiffrer, mais resta un instant en interrogation. Quel secret douloureux cachait donc cette femme qui lui semblait irréprochable ? Quelle lointaine blessure lui donnait à la fois ce regard, et cette clémence, cette compassion ?

La vieille femme se ressaisit, et revint à la préoccupation qui avait tant d'importance pour sa visiteuse.

« Ce n'est pas banal comme demande. répéta-t-elle, mais c'est vrai qu'il y a aussi des femmes « en mal d'enfant », comme on dit. Je peux essayer de t'aider. »

Elle expliqua alors, le rythme des lunes, et qu'une période durait une lune, en principe, mais pas toujours, et de compter les jours entre les cycles, et de savoir quand on peut avoir un enfant. Mais, ajouta-t-elle avec un regard un peu inquiet, cela peut venir de l'homme, et là, tous tes calculs ne pourront rien y faire. Je peux te préparer une potion, une pour toi et une pour ton époux…

« Et j'espère que j'aurai un jour la joie de t'accoucher. Parce que, tu sais, de tout ce qu'on vient me demander, c'est bien sûr mon rôle de sage-femme qui m'est le plus cher. »

Il y avait, contre l'un des murs, une sorte de petit autel avec une Vierge Marie à l'enfant, et l'autel était décoré d'une dentelle, et garni d'un petit bouquet de fleurs sauvages toutes fraiches cueillies, et au dessus, quelque petit linge de nouveau-nés, chemisettes, bavoirs, bonnets et chaussons. Des cadeaux sans doute, donnés en remerciement par des mamans qui peut-être avaient vécu un danger, une inquiétude.

# 4

# Le secret de Mère Madeleine

Elle revint plusieurs fois la revoir, mais c'était plus pour un besoin de réconfort, et de toute la tendresse qui émanait d'elle que pour désormais demander des conseils.

A l'approche du galop de son cheval, Mère Madeleine apparaissait sur le seuil, et un sourire illuminait son visage en voyant approcher la jeune visiteuse.

Anne-Claire racontait, devant les bûches rougeoyantes et la tisane chaude sur la table, tout ce qu'elle vivait, et l'émotion donnait à ses joues une couleur juvénile qui attendrissait Mère Madeleine.

« Tu sais, petite fille, J'ai appris, avec la vie, que l'important, c'est d'avoir le cœur content. Et que tout ce qui nous entoure de moralité, et la religion et tous ceux qui ont pouvoir sur nous ne nous font que du mal. Mais tu sais, j'ai appris à rester dans mon coin… tu sais… il y a tant de méchanceté partout…

Une ombre passa sur son visage et la jeune fille eut un instant de détresse, tant quelque chose de pesant s'était installé soudain dans toute la pièce comme si une vieille tragédie se fût presque matérialisée dans l'instant…

… Pardonne moi, mais il me revient toujours des souvenirs douloureux que je ne peux oublier…. »

# 5

# Inquisition

Elle raconta alors qu'elle avait été en grave danger autrefois à cause de ses connaissances dans les plantes, « les simples » pour guérir, et même lorsqu'elle parvenait à guérir, si cela pouvait paraître comme un don du Ciel, l'Eglise, jalouse dans ses rapports avec l'Invisible, ne supportait pas une quelconque rivalité. Et qu'une personne « ordinaire » pût avoir un lien avec les mystères du corps, de la vie et de la mort ne pouvait qu'être l'œuvre du diable. L'Eglise, totalement oublieuse du message original de clémence et de bonté, comme le sont les religions lorsqu'elles deviennent des pouvoirs politiques.

— Tu sais, j'ai frôlé une mort horrible. On m'accusait de soigner avec l'aide du diable, comme si soigner, guérir pouvait appartenir au diable ! Alors que lui ne répand que la souffrance et le malheur ! Mais il y a eu pire encore pour me menacer du bûcher...
— Du bûcher !
Le mot venait de frapper enfin l'esprit de la jeune femme.
— Oui, c'était à cause de mon métier de sage-femme... On m'a accusée d'avoir aidé des jeunes filles à, comment dire, se débarrasser de leur grossesse... Jamais, jamais de la vie je n'avais fait cela ! Je conseillais les jeunes filles, c'est vrai, pour leur apprendre le fonctionnement de leur corps de femme, et leurs cycles, et je les mettais en garde. Tu sais, les hommes sont avides de posséder une femme, et les jeunettes sont frêles quand elles sont amoureuses. Ou bien il m'arrivait de conseiller une jeune mère de famille épuisée avec quatre ou cinq enfants, dans sa relation avec son mari. Comme on dit au pays, « quand

même, son mari, il pourrait faire attention ! »… J'ai même aidé parfois à déceler une grossesse naissante, mais jamais, jamais je n'ai fait ce dont on m'accusait.

— Mais alors, comment t'en es tu sortie ?

— J'avais eu le bonheur de guérir l'enfant d'une personne de haut rang qui avait fait appel à moi dans sa détresse, et…. comment elle fit pour plaider ma cause et me sauver, je ne l'ai jamais su. Je sais qu'elle a fait intervenir des gens haut placés, et cela au péril de sa vie, parce que, dans l'Inquisition, ils sont plus puissants que les puissants. Elle a tout bravé pour m'aider. Il y a des êtres courageux partout. Tout ce que j'ai su, c'est que j'étais sauvée, mais à une condition… m'éloigner pour toujours du lieu où tout cela s'était passé, et ne plus jamais y revenir. La personne me trouva cette petite maison isolée, et c'est là que je suis venue vivre mon exil… Et depuis, je n'ai cessé de remercier le Bon Dieu, et Saint Michel, et tous les Saints… Oui, ici, je suis bien, dans la nature, la paix, et à rendre service aux autres, mais le plus discrètement possible. Je reconnais que, quand j'étais jeune, j'étais un peu imprudente, j'étais peut-être même un peu orgueilleuse, et il ne faut jamais être orgueilleux de ce que Dieu nous donne.

Un silence se fit pendant quelques minutes, toutes deux à des milliers de lieues l'une de l'autre, et pourtant proches, dans leur condition humaine, leur condition de femme.

III

# 1

## Un atelier sur la Place du Marché

Il y avait, sur une des rues qui convergeaient vers la place du Marché, un atelier d'artisan du bois qui faisait le coin avec la Place. Et, certains jours de grands marchés, des meubles et pièces de bois étaient exposées là, sur le devant de l'atelier.

Anne-Claire avait observé cela de sa chère fenêtre qui l'ouvrait au monde. Et un jour, elle vit le jeune artisan qui installait ses créations. Elle prit l'habitude de l'observer, attendant ses sorties, avec une étrange fébrilité. Elle le regardait longuement, et elle l'imaginait travaillant à son établi, forçant avec des gestes précis et robustes sur son rabot.

Il était grand, souvent vêtu d'une tunique légère, serrée d'une ceinture de cuir, quand il sortait ses meubles par temps clair et beau. Si le temps était de froidure, il ajoutait juste un gilet de fourrure qui ne lui donnait que d' autant plus de charme et de douceur.

Alors il se passa quelque chose dans l'esprit de la jeune femme. Déjà tout enfant, elle s'évadait souvent dans son imagination, et se berçait le soir avec des rêves éveillés qui ne lui laissaient guère le temps de se prolonger dans leur suavité car le sommeil venait très vite sur ses yeux clos.

Et dans le moment de vie qui était le sien désormais, tout en demeurant dans la droiture de sa vie conjugale, elle laissa monter en elle cette même imagination qui lui donnait jadis tant de bonheur, et qui était là, soudain, comme une raison de vivre, et de goûter quelque chose qui lui caressait doucement le cœur, avec toute l'insouciance, voire l'inconscience d'un pur et simple instinct de survie.

Elle priait, et priait longuement, mais, très étrangement, plus elle priait, plus l'image de ce jeune homme lui revenait à l'esprit, comme un phare qui tourne dans le lointain de la mer, et revient sans cesse balayer de sa lumière l'immensité de la nuit.

# 2

# Rencontre

C'est alors qu'elle se décida un jour à descendre jusqu'au marché, et à aller jusqu'à l'atelier de travail du bois, prétextant quelque désir de regarder les meubles, et, peut-être, d'en commander un ou deux.

Elle mit sa cape, sur sa robe de velours, et, juste comme elle allait franchir la porte de sa maison, ne put s'empêcher de jeter un regard hâtif sur son visage, pour s'assurer qu'il fût joli.

Elle arriva sur le lieu d'exposition des meubles, et se sentit toute tremblante, incapable de quelque maîtrise que ce fût. Mais, très étrangement, ces émotions et ces tremblements, loin de la mettre en souffrance, lui étaient presque exquis. Elle se sentait vivante. Vivante…

La rencontre demeura, bien sûr, totalement correcte, et impersonnelle, juste commerciale, aurait-on pu dire. Elle resta quelque temps à regarder les meubles, puis promit de revenir un peu plus tard.

Une fois remontée jusqu'à sa fenêtre, elle s'assit doucement, les joues rosies de ce moment de grâce, comme la vie sait en distiller parfois, sans que l'on sache trop comment elle fonctionne.

***

Elle revint à plusieurs reprises, avec, chaque fois, pour tout prétexte, de faire une commande. Elle s'attardait longuement, et un jour, elle entra dans l'atelier. Il y avait une odeur de bois fraîchement travaillé, et des copeaux jonchaient le sol. Une douce lumière passait par les étroites fenêtres sur le haut des murs. Quelque chose comme une blondeur qui baignait tout ce lieu de travail et de création.

Elle sortit avec lui pour montrer une table, et, comme il lui demandait quelques précisions sur son lieu de vie, elle désigna de son doigt la grande demeure de l'autre côté de la Place, et alla même jusqu'à lui montrer la fenêtre où elle se tenait tous les jours là-haut.

Et ce qui se passa par la suite ressemblait à tous les plus beaux récits de l'amour courtois, de la table ronde, et du roman de la rose. Chaque fois que notre jeune ébéniste sortait de son atelier, il levait les yeux vers la fenêtre, et, s'il la voyait là, assise, il faisait un sourire, et un très léger geste de la main qui la remplissait de la suavité la plus extrême.

# 3

# Déferlante

Le Dimanche suivant, Anne-Claire redescendit à l'atelier. Elle s'y trouva heureusement à une heure où il y avait beaucoup de chalands, et elle put gérer, dans le secret de son cœur, l'état incroyable qui l'habitait. Son cœur battait à tout rompre, et elle était dans un état d'hébétude totalement inconnu de tout ce que connaissait sa mémoire.

Le brouhaha du marché, et le va-et-vient du monde lui permettaient de rester isolée dans le secret de ce tumulte qui, heureusement, était invisible à l'œil nu. A un moment, elle croisa son regard, et fit un petit sourire. Elle crut déceler un échange. Et alors, dans cette minute, une vague déferla en elle, emportant tout comme une rivière en crue. La jeune femme resta longuement dans cette tempête silencieuse et délicieuse qui ni ne la mettait en danger, ni ne la compromettait.

Lorsqu'elle regagna la demeure, elle s'assit à la fenêtre en silence pour constater les dégâts. Dégâts ou cathédrale, qui aurait pu dire ? Un immense vitrail s'était bâti soudain à l'intérieur d'elle, une dentelle de lumière pleine d'anges et d'auréoles, de ce simple secret qui, pour chacun, manant ou puissant, change le sens du monde : la découverte de l'amour.

# 4

# Un projet fou

C'est alors que germa en son esprit le projet le plus invraisemblable qui fût, dont nul n'eût pu envisager la genèse, dans un cœur aussi puéril et aussi inexpérimenté.

De comment elle allait pouvoir réaliser ce projet, elle n'en avait pas la moindre idée. Elle laissa juste son esprit se poser doucement sur ce qui n'était encore qu'une folie.

Cet homme, cet homme là, oui, serait le père de son enfant.

La force est une étrange chose chez les êtres apparemment fragiles et soumis. Elle rassembla un peu confusément au départ les divers éléments. Elle eût pu rester dans le romantisme d'une rencontre ingénue, balayant ainsi, par l'innocence de son âme, la faute d'un manquement à ses devoirs d'épouse. Mais il n'en fut rien. Elle rentra dans quelque stratégie apparemment froidement calculée, tant il en est que le pur et simple instinct de survie pût appartenir tout à la fois à la plus terrestre mathématique et à la plus céleste pulsion vitale.

Son époux était souvent absent dans la journée, occupé sur les zones portuaires de l'estuaire de la Loire. L'activité y était très intense, autour de ces lourds vaisseaux qui reliaient les zones maritimes de France avec le lointain Orient. Il n'était pas question, bien sûr, en ces temps là, de longer le continent Africain, dont les contours restaient encore très mystérieux, et les seules voies pour acheminer les précieuses épices et étoffes et bois ou matières rares, étaient les caravanes lourdement chargées qui ralliaient les ports. Il y avait bien dans l'air quelques rumeurs insensées, disant que des navires allaient peut-être tenter d'atteindre l'Orient en navigant tout droit sur l'Océan Atlantique, puisque, disait-on, la Terre était ronde, mais cela demeurait totalement impensable encore.

Anne-Claire, donc, ayant tout loisir de son temps, descendit plusieurs fois jusqu'à l'atelier du jeune homme, le cœur battant, prétextant quelque intérêt pour son travail, mais l'intensité de l'émotion la cantonnait toujours dans la maladresse et le silence. Quant à lui, il demeurait dans le plus grand respect de cette jeune dame, avec son joli visage comme sorti d'un tableau des grands primitifs flamands, et qui venait le visiter et s'intéresser à ses créations.
Et chaque fois, elle remontait jusqu'à sa demeure, tout à la fois plus résolue que jamais, et plus désemparée que jamais. Les paroles lui paraissaient simples lorsqu'elle était seule, et une étrange force dans le moment de parler la pétrifiait. Chose bien banale au fond, et qui n'a rien de mystérieux, mais notre jeune héroïne avait bien peu de connaissance de la relation humaine et des états émotionnels que la vie nous met en réserve pour nous faire perdre pied.

# 5

# Quelques mots sur un parchemin

Or un matin, comme elle était revenue le visiter avec le projet précis d'une commande de meuble, elle le vit passer derrière l'établi et, à son grand étonnement, elle le vit prendre un parchemin et une plume d'oie pour noter quelques mots. Quelques mots, elle ne savait pas, mais ce qu'elle savait tout à coup, c'était que, oui, oui, il savait sans doute lire et écrire.

Outre la bouffée d'estime que cette découverte lui donna, devant ce jeune menuisier dont elle ne savait rien, sauf qu'il avait envahi sa vie depuis les pieds jusqu'à la tête, cette révélation lui donna soudain une idée.

Une idée qui allait rentrer dans cette stratégie qu'elle s'efforçait maladroitement et tout à la fois impétueusement de mettre en marche. Une idée qui allait la délivrer de son désarroi, et en même temps lui permettrait de dire les choses clairement et simplement. Chose dont beaucoup d'êtres humains, éperdus, amoureux transis ou en mal de clarté allaient, dans les siècles futurs, se servir amplement.

Elle décida alors d'écrire une lettre, tout simplement, une simple lettre.

Se procurer le matériel nécessaire ne lui fut pas un souci. Elle avait à sa disposition toutes choses concernant l'écriture, tout à la fois pour retranscrire ses textes préférés, et aussi pour en écrire elle-même dans la poésie, ou quelques récits légendaires. En ces temps anciens ce n'était pas toujours facile d'avoir ainsi usage de l'écriture et de la lecture, qui allait devenir dans le futur la transmission absolue de tout l'héritage de l'humain à l'humain, mais qui, de par son coût élevé, restait l'apanage des gens fortunés.

Elle écrivit sa lettre, au calme de la bougie et de son cœur soudain apaisé. Elle s'efforça de trouver les mots justes, très précisément avant de les écrire, car il n'était pas coutume, dans ces temps-là, de froisser quelques brouillons malvenus et inopportuns avant de trouver la juste missive.

*** 

Ce matin là, elle arriva à l'atelier, et sa grande cape n'était pas là que pour la protéger du froid. Elle se sentait tout à la fois légère, et lourde, lourde de ce manuscrit roulé et serré de sa main dans le secret de sa poitrine.

Il pensa qu'elle venait pour sa commande, et s'approcha en souriant. Elle lui remit alors brusquement le parchemin, en lui bredouillant quelques paroles inaudibles, puis se sauva de tout son être, de tout son être qui avait franchi quelque frontière insensée appartenant au pays du courage, au pays du demain.

# 6

# La lettre

Il lut la lettre presque à la hâte une première fois, puis la relut lentement, très lentement. Il resta alors les yeux perdus, un long moment, un très long moment.

Délaissant alors les bahuts et buffets, tables et chaises qui étaient en commande, il se mit au travail presqu'impulsivement sur une statue à peine ébauchée, une statue de la vierge Marie.

Et tout en travaillant de son ciseau sur le bois, il confiait doucement dans sa prière cette femme nouvelle venue dans sa vie, cette femme qui, au nom de son désir de maternité, légitime et béni en toute femme, et au nom de son amour de la vie, de la vitalité de la vie, lui avait demandé la chose la plus invraisemblable du monde.

Et dans sa prière, il restait dans le grand questionnement propre à l'humain, devant une situation inattendue, et qui demandait soudain une réponse. Cherchant éperdument quelque signe, quelque message, et qui viendrait de là-haut. Mais rien ne venait. L'être humain est ainsi fait que les choix lui incombent, et que devant les choix, il est seul.

Alors, tout en travaillant à la douce image de Marie, il confia sa prière totalement sortie de tous les dogmes et principes qui régulaient la vie en ces temps là, et il confia cette jeune femme.

Cette jeune femme qui n'hésitait pas à courir le risque pour son âme de connaître deux hommes pour avoir un enfant, contrairement à la Vierge qui connut la maternité alors qu'elle n'avait pas connu d'homme. « Qui nunc novit virum », comme disait la parole chrétienne.

Non seulement l'aventure lui faisait soudain battre le cœur, mais, de plus, cette jeune femme, oui, cette jeune femme... elle était si jolie, si nacrée, si neuve, si frêle.... Elle lui avait parue si inaccessible, si irréelle... Et là, tout à coup, cette lettre!...

Et il demanda pardon de la trouver si jolie. Mais où est la faute, pensa-t-il. Dans cette attitude peut-être moralement loyale, qui sans doute est regardée avec bienveillance par le Bon Dieu.
Ce questionnement sans mauvaiseté, juste pour se demander si les lois des hommes sont en accord avec les lois du Très-Haut.

# 7

## Deux amis dans une taverne

Comme une heure sonnait au clocher, Tristan ferma son atelier et descendit jusqu'à la taverne, comme il en avait coutume. Il retrouvait là quelques amis et ils partageaient ensemble un pichet de vin en se restaurant de bon cœur.

Ce jour là, Tristan se retrouva sur le tard de l'après-dîner, avec un de ses vieux amis. Non seulement ils se connaissaient depuis longtemps, mais ils partageaient un degré d'estime et de confiance qui pouvait se nommer amitié au sens fort du terme.

« Il m'est advenu une aventure que tu pourrais à peine imaginer, et que je n'irais conter à personne… mais tu es mon ami.

— Garde toi de me confier un secret… quand la tête me prend de poésie et que je suis assis à un banc de taverne, je ne te promets nulle loyauté.

— Allons, tu es le plus pur des êtres. Il y en a, on leur donnerait toute confiance, et ils ne sont que menteries et vilenies… toi, c'est chose inverse, tu es vêtu comme un bohémien, et parfois tu hausses le ton, ou tu te mets à déclamer ta poésie à tous vents, sans pudeur, et tu vides des pichets à l'auberge, mais je sais que tu es bon comme le pain, et clair comme l'eau…

— Une minute, l'ami ! C'est toi, le poète, ou c'est moi ? Toi, tu sculptes, et ornes et façonnes le bois, moi je navigue sur les mots comme avec une barque…

— Une barque… reprit le jeune homme un peu rêveur, mais impatient en voyant la discussion partir tout à fait en un autre sens que le but premier.

— Une barque, oui, et tous les zéphyrs et toutes les tempêtes me donnent de belles choses à vivre sur le monde et sur l'amour… »

Le jeune homme s'appuya sur la table de bois rude en espérant s'accrocher à ce dernier mot providentiel. Mais notre poète continua :

« Je n'ai nulle dame à mon bras, tu le sais, et je n'ai plus vingt ans… et pourtant, j'en ai courtisé, et des très belles, et de tous les rangs. C'est notre chance, à nous artistes, nous plaisons aux ribaudes, et aux damoiselles, et même aux gentes dames… »

Le jeune homme regarda son ami, et, dans ses yeux, pourtant désormais plissés de rides, il vit passer comme une lumière infinie faite de tous les trésors qui habitent à jamais le cœur du poète.

« Ecoute-moi, François, je voulais justement te raconter quelque chose… Tu vois, tu me parlais à l'instant de gentes dames… Je voudrais, moi, te parler d'une… presque une damoiselle dans son cœur sans doute, mais qui fut mariée de force en sa très première jeunesse.

— Voilà grande romance… Et, dis moi, aurais-tu de l'amour pour elle ?

— C'est beaucoup moins facile et beaucoup moins poétique qu'une ballade, crois moi, et je suis en souciance de tout cela depuis quelque temps…

— Je vois que, disons, malgré tout ce que j'ai pu te dire sur le danger de me faire confidence, tu ne songes qu'à m'en parler… O, l'impatience du cœur en amour, qui ne sait même pas tenir sa langue ! »

François accompagna cette parole d'un rire et d'une légère bourrade sur le bras de son ami, pour tout à la fois alléger le ton et sceller malgré tout par ce geste un peu brusque sa loyauté totale, quoiqu'il pût en dire.

« C'est une jeune fille…. euh, une jeune femme… je n'arrive pas à admettre la réalité, et peut-être même je la rêve pure, et encore dans sa virginité. Mais je sais bien que non. Elle est mariée, hélas, et sais-tu, mais sais-tu seulement ce qu'elle m'a demandé ?

— Je ne veux point être maldisant avec les femmes, que j'ai toujours chéries de tout mon cœur, et de tout mon corps, mais je pense qu'il faudrait être tombé de la dernière pluie pour ne point savoir ce qu'elle voudrait.

— Pas du tout, mon ami, pas du tout… elle est si jeune et si, comment dire, frêle, et en même temps, elle respire tellement de beauté que je suis sûr qu'un jour, un homme serait heureux de partager sa couche.

— Mais enfin, veux-tu bien me dire le fait des choses, car nous tournons ici en rond, tout rond comme ce cruchon qui n'attend que nous pour être vidé et re-rempli, ajouta notre poète en reservant largement les deux pichets, et claquant le sien contre l'autre, comme pour sceller désormais, non seulement la confidence, mais la solennité de l'instant, qu'il sentait imminente.

— Voilà, je vais te dire... cette jeune femme m'a demandé, voilà, elle est épouse et... ne parvient pas... à devenir mère. Une guérisseuse à elle lui a dit que, peut-être, ça ne venait pas d'elle.

Le poète leva le sourcil :

— Attention avec les guérisseuses, qu'elles ne soient pas plus diablesses que saintes. J'ai moi-même tant souci à tenir mon corps debout et mon âme en salvation que...

Ce vieux maraud était vraiment difficile à suivre, et toujours en errance de sa pensée. Le jeune homme continua :

— Non, je ne crois pas qu'elle soit mauvaise. Mais importe peu. Je vais te dire maintenant, alors é-cou-te moi !

Il posa sa main sur le bras du poète, comme pour l'inviter à laisser son pichet un instant sur la table, et calmer ainsi sa fougue et sa faconde.

— Cette jeune femme m'a demandé... le croirais-tu... Il fit mine de baisser le ton, mais c'était purement pour réclamer l'écoute, tant il y avait de vacarme dans la taverne, elle m'a demandé... de lui faire un enfant !

— Comme ça, sans autres formes de formules et de formulations et de façons façonnées ?

Le jeune homme sourit, et ajouta :

— Comme ça, oui... et, sais-tu, elle m'a envoyé une missive en disant qu'elle n'avait pas le courage de, comment dire, de me rencontrer pour me le demander.

— Et toi, qu'est-ce-que tu as fait ?

— Rien, justement, rien du tout... Et je la vois tous les jours à sa fenêtre, et quand il y a marché, j'expose sur la grand'place, et les jours passent...

— Elle est jolie au moins ?

— Vieux fou, comment peux-tu me poser une question pareille ?

Le jeune homme prit son pichet et, à son tour, le vida, pour apaiser son émoi, et le reposa d'une main vigoureuse, comme pour donner le change.

Le poète l'observa, soudain dessoûlé, et posa sa main sur celle de son ami. Il resta silencieux un moment. Il avait pourtant une longue et vieille habitude de situations insensées. A la fois dans ses lectures, les contes, lais et ballades qu'il traversait dans l'esprit et le rêve, mais par une longue errance de vie, tout à la fois de lieux et de connaissances, allant de soirées dans les tavernes les plus mal famées, jusqu'à l'accueil dans les plus beaux châteaux, où règne le regard enchanté des jeunes filles de noble lignée.

Et pourtant, là, il se trouvait, et c'est lui-même qui en faisait la constatation, devant une aventure pour le moins étrange et des plus insolites. Mais il était poète, et le poète « fabrique », c'est le sens du mot, et il sut qu'il trouverait une réponse.

Et cette réponse fut toute simple, et sans équivoque :

— Eh bien, n'aie nulle crainte ! Ce n'est pas un supplice qu'on te demande, allons !

Tristan resta un instant songeur. Le brouhaha dans la taverne lui devenait presque salvateur, toutes ces voix échauffées par le vin et la bonne chère, loin de semer le désordre dans sa tête, lui donnaient une sorte de calme intérieur. Calme intérieur que la réponse de son ami n'avait fait que conforter.

# IV

# 1
## Folie et Raison

Anne-Claire demeura quelques jours sans sortir, sans seulement oser regarder l'atelier par sa chère fenêtre. Pourtant, elle ne pouvait s'empêcher de songer à la réalisation de son projet, si jamais la réponse était oui.

Elle s'étonnait elle-même de la lucidité que lui donnait la situation toute entière. A la fois dans une sorte d'état second, qui la propulsait jusqu'aux étoiles, comme presque lui faisant perdre l'entendement, et un état proche de la bonne raison, lui donnant toutes données utiles pour réussir. Et elle remerciait par avance cette étrange force qui met en ordre le désordre et harmonise par son énergie les choses les plus incongrues de l'humain.

Comme si la vie était là en une masse informe de moments du temps, et que ce fût à chacun de nous d'en former un vitrail de lumière.

# 2

# Balbutiements

Après une longue semaine, où une sorte de trêve à l'évènement avait tout à la fois donné à chacun un second souffle, et un état d'essoufflement indescriptible, Anne-Claire se décida à redescendre jusqu'à l'atelier.

— Vous avez lu ma lettre ?
Son ton se voulait neutre, mais sa voix tremblait.
— Mais… comment allons nous faire ? répondit-il sans rien ajouter.

C'était, oui, c'était donc oui !

— J'ai réfléchi à cela. Je vous dirai. Je sais bien, ça ne va pas être facile.
— Vous êtes sûre ?
— Oui, je suis sûre. Je veux dire, je suis sûre que ça ne va pas être facile.

Il s'approcha d'elle, et retira doucement le bonnet de sa cape. Elle recula, tout à la fois bouleversée de l'instant, et gênée de le voir transformer en moment amoureux sa démarche précise et nette. Alors, il passa sa main derrière sa nuque, et leva vers lui le joli visage :
— Pour moi ça ne va pas être du tout, du tout difficile.
Il avait accompagné sa phrase d'un large sourire. C'était un être joyeux, au sens le plus profond du terme. Il aimait la vie, il aimait son métier, et ne détestait pas non plus aller boire un coup avec des amis dans les auberges de la ville. Sur un mur de l'atelier, il avait mis un grand dessin de l'ange au

sourire qu'un de ses confrères lui avait apporté en revenant de la cathédrale de Reims.

Elle découvrait là en lui une sorte de légèreté d'esprit qui la surprit un peu, et jurait en quelque sorte avec toute la gravité de la situation, mais que savait-elle de lui au fond ? Et elle se rendit compte que, de l'avoir choisi, ne lui donnait en aucun cas la moindre exigence sur ce qu'elle voulait qu'il fût.

Alors il l'embrassa, de ce baiser d'amour dont elle ne connaissait rien et que pourtant elle connaissait, comme si l'héritage lointain du premier baiser d'amour d'un homme à une femme dans la nuit des origines se fût transmis à tout jamais à cette incroyable espèce de vivants qu'est la nôtre.

Elle remit à la hâte sa capuche, et dit :
— Je dois partir maintenant. Je dois partir. A bientôt.
— A bientôt, sourit-il doucement…. Et il l'embrassa encore.

# 3

# Grand Large

Quand elle fut remontée chez elle, elle se posa près de la fenêtre, et resta les yeux clos. Elle se sentait comme en mille morceaux. Mais la suavité de l'instant céda vite la place à l'incroyable hardiesse qu'elle venait de générer, et pour laquelle il n'y avait plus de retour en arrière possible.

Notre jeune apprentie de la vie, des mouvements vertigineux de la vie, et de ses batailles de haute lutte, resta un instant comme saisie d'un vertige. Bien sûr, on était loin des affrontements en lice, ou des preux chevaliers, qui vont guerroyer par delà les frontières, mais les qualités de courage et de détermination étaient tout aussi nécessaires.

Malgré sa mince connaissance de la vie, elle savait que, dans l'action que l'on a sur les évènements, le bien et le mal existent et que, si prévoir nous est demandé, et par là appeler le bon et repousser le mauvais, il ne fallait pas non plus avoir l'orgueil de penser que tout ne dépendait que de nous même. C'est pourquoi elle confiait, tout à la fois hardie et tremblante de peur, cette lutte dans une prière, sa prière ordinaire comme elle l'avait apprise depuis toujours, mais soudain neuve de cette portée insensée.

Car lorsque la vie nous demande l'inconcevable, une explosion se produit dans notre corps. Il est des êtres qui contiennent en eux cet instinct de survie, et la non-résignation se vit alors comme une obéissance, dans l'humilité, et non dans l'orgueil.

Elle avait largué les amarres, elle avait hissé les voiles, elle avait pris la mer, alors elle avait droit à l'immensité de l'océan, préfigurant ainsi ce siècle neuf qui émergeait à l'horizon, ce siècle à la porte duquel un homme allait dire, en s'embarquant avec ses trois caravelles, « Je suis sûr qu'elle est ronde, il suffit donc d'aller tout droit ».

# 4

# Rendez-vous

L'important désormais était de rendre possible ce projet insensé.

Elle expliqua, avec un calme qui l'étonnait elle-même, et qui ne manqua pas d'étonner le jeune homme, qu'elle pouvait avoir des après-midis « tranquilles », lorsqu'elle partait chevaucher dans les bois, chose qu'elle avait réussi à faire admettre, en étant accompagnée jusqu'à la sortie de la ville par le vieux palefrenier de la maison.

« C'est donc vous le jeune cavalier que j'aperçois, qui passe devant mon atelier très souvent ? demanda-t-il.

— Oui, c'est moi.

— C'est vous qui chevauchez ainsi, à califourchon, comme Jeanne d'Arc ?

— Oui, c'est moi, répéta-t-elle, d'un ton presqu'enjoué. Et l'air que je respire alors m'aide à supporter ma condition, et à rester en vie. Deux fois dans la semaine, je vais avec ma jument chevaucher dans les bois. Le vieux palefrenier de la maison m'accompagne jusqu'à la sortie du bourg, mais il sait que j'aime aller seule, alors il me laisse, surtout qu'il n'est pas très hardi pour galoper comme moi ! » continua-t-elle, et son ton devint plus enjoué encore.

Le jeune homme demeura un court instant surpris, comme si elle venait de lui révéler quelque identité énigmatique, ce qui donnait soudain à son joli visage de vierge flamande une dimension de vitalité tout à fait inattendue.

Elle avait joué avec le feu, et il commençait à l'aimer comme un fou.

***

— Nous ne pouvons pas nous voir ici, à l'atelier, c'est trop dangereux, il faut que nous trouvions un lieu à l'abri…, reprit-elle.
— J'ai, dans le bois où vous allez, je crois, galoper, un petit manoir que mes parents m'ont légué, mais je ne l'habite guère, j'ai préféré m'installer au cœur de la ville, à cause de mon travail.

Pour la petite noblesse de province, un goût pour les lettres, ou même le travail manuel dans ce qu'il avait de proche des arts, avait remplacé depuis longtemps le désir de guerroyer pour son royal suzerain ou pour reprendre la Terre Sainte aux infidèles…

… Et moi aussi, je peux venir à cheval. C'est très isolé, et très tranquille.

— C'est merveilleux ! dit-elle, le souffle coupé, comme si tout à coup, la mise en harmonie des choses matérielles frisant presque le miracle lui apparût une sorte de bénédiction tacite de leur projet.

Comme il venait juste de prononcer le mot « tranquille », il se doutait bien qu'il y avait quelques risques, à long terme, mais il refusa intérieurement de s'en préoccuper à l'avance.
Il ne voulait pas ruiner ce fabuleux moment par des réticences, justifiées, certes, mais pour lui malvenues. Il avait appris à trier en lui les pensées qui faisaient du mal et celles qui faisaient du bien, comme il s'appliquait avec le plus grand soin et la plus rigoureuse fantaisie à travailler le bois et toutes les matières rares et fines qui faisaient son art.
Cela faisait partie de cette légèreté qu'il avait au cœur, et qui lui avait donné cette âme d'artiste. Dans ses années de jeunesse, il avait partagé la vie tout à la fois étudiante et quelque peu débraillée de la bohème du Quartier Latin, et du quartier de la Sorbonne, où, quelques années auparavant, le poète Villon avait fait des siennes, allant de tavernes en tavernes, et de farces estudiantines en actes plus graves et plus dangereux.

***

— Venez, je vais vous faire un plan pour vous guider.

Il prit une tablette de cire et commença à dessiner le chemin. Elle s'était approchée de lui pour suivre ses explications, et il y avait entre eux comme une étrange douceur, un coussin de plumes et de lumière, et qui la remplit de bonheur.

— Vous allez trouver ? Je vous attends quand ? Demain ?
— Demain… euh… Déjà ?

Elle était comme sous l'eau. Il comprit.
— Le jour qui vous va bien. Sauf un jour de marché, ajouta-t-il en souriant, rappelant presque tendrement leur déjà vieille complicité.

— Après-demain alors…

Il l'attira vers lui, avec un «Oui…», presque à son oreille. Puis il passa à nouveau la main sur sa nuque, et sur ses cheveux soigneusement tressés, et embrassa ses lèvres. Tout en lui était fou, pourtant ce fut lui qui s'écarta doucement :

— On se voit là-bas…
— Oui, là-bas… Là-bas….

# 5

# Le petit Manoir

Le jour venu, ils allèrent jusqu'au manoir, lui, connaissant bien le chemin de sa vieille demeure, elle, tout à la fois guidée par le plan gravé sur la cire, et par quelque instinct venu du mystère profond qui relie les êtres.

La journée de délai qu'elle s'était donné pour quelque répit, quelque besoin de prendre son souffle, leur avait paru à tous deux comme une montagne d'heures inutiles à attendre. Ils étaient restés en souffrance l'un de l'autre, éperdus de se retrouver.

*\*\**

Comme elle restait néanmoins un peu distante, il la prit dans ses bras :
— Tu sais, je veux bien te faire un enfant, comme tu me l'as demandé, mais tu dois être honnête avec toi-même. Et puis, je ne suis pas, comment dire, je ne suis pas une bête. Je crois même que je suis… oui, disons le, que je suis… un peu amoureux.
Il marqua un petit silence, tandis qu'elle ne soufflait pas le moindre mot.
— Je t'aime… Et toi ? Dis moi, dis le moi.
Et là, très étrangement, pour la jeune femme, le fait de se donner à lui, dont elle ne pouvait nier la perspective, lui coûtait infiniment moins que de le regarder dans les yeux et lui dire « je t'aime ». Quand bien même le mot lui eût brûlé les lèvres, elle ne pouvait le prononcer.

Il s'efforça alors, toujours désireux de vivre l'instant au mieux, d'alléger le climat :

— J' ai hésité à faire du feu. Je préfère rester discret. Il va falloir nous blottir sous les laines et les fourrures, dit-il en souriant.

L'évocation de cette douceur à venir ne manqua pas de la faire frissonner, et elle se blottit doucement contre lui.

Passés ces premiers instants de gêne, l'irradiation du moment se mit en place tout doucement, jusqu'à l'absolu bien-être de l'état de grâce, comme il est donné parfois à deux êtres qui se sont confiés au firmament, dans l'inconscience et la douce obéissance aux lois du bonheur, comme aucune des lois humaines n'en a jamais trouvé le premier mot.

Dans les draps et les laines et les fourrures…
Il avait omis de parler des draps, en un doux respect pour sa pudeur de femme…

# 6

# De l'Amour

Dans les jours qui suivirent, ils furent heureux, et heureux encore, autant dans les moments où ils étaient ensemble que dans les moments où ils étaient séparés. Car l'amour peut habiter les cellules et inonder les êtres qui le vivent comme un climat pénétrant chaque seconde et chaque arpent de vie par delà le matériel et le banal du jour.

La jeune femme découvrait une sexualité nouvelle. Une sexualité d'amoureuse, une sexualité de femme, à des milliers de lieues de sa sexualité conjugale. Sexualité conjugale considérée comme sacrée, bénie, comme si la sexualité conjugale fût une pure merveille de Dieu, et les autres sexualités fussent une œuvre du diable.

Et là, dans ce petit nid que leur offrait la vie, à l'abri pour un temps de tout ce qui fait le mensonge et le monstrueux des choses, une chance lui était donnée de se trouver en tant que femme, et d'être comblée. D'autant plus que notre jeune homme, malgré la sincérité qui l'habitait dans l'instant, n'était pas tombé de la dernière pluie, et n'en était pas à son premier jupon…

Mais à cela s'ajoutait chez lui une douceur et une attentivité qu'il n'avait pas toujours eues, et un sentiment d'amour fou qu'il découvrait avec émerveillement. « Je suis amoureux » se disait-il, « c'est incroyable, je suis amoureux ! »

\*\*\*

En ces temps de Moyen-âge, la frivolité masculine n'était pas considérée comme péché mortel, hormis peut-être pour le tristement fameux Abélard, qui, d'ailleurs, n'était pas frivole mais amoureux fou de sa belle Héloïse.

Le Moyen-âge était une époque qui n'avait rien de puritain, mais où, bien que chacun fût respectueux des lois de l'Eglise, et même les redoutât, régnait un climat tout à la fois libre et sensuel.

Et notre cher poète, Villon, ne trouvait rien de choquant à allier ses frasques tumultueuses, ni à écrire des sonnets égrillards dont l'argot est devenu si dépassé qu'on ne parvient plus à les traduire de nos jours, avec des poèmes profondément mystiques. Faisant, bien sûr allusion aux ripailles et beuveries dans les tavernes, et aussi aux aventures d'un soir avec quelque gueuse du Quartier Latin, quand ce n'était pas quelque dame en mal d'amour, séduite par la vigueur et la poésie tout ensemble. Le poète, toujours pris entre « la chair que trop avons nourrie », et « Prince Jésus qui sur tous a maistrie » et « offrit à mort sa très clère jeunesse ».

***

Quant à sa propre sexualité, notre jeune homme l'avait découverte très jeune, en solitaire, comme la plupart des garçons… Il était alors dans une école religieuse tenue par des moines. Une école sévère où, entre les études de textes latins et autres lectures et exercices, il y avait les prières quotidiennes, le confessionnal tous les samedis, et la Messe le Dimanche, et les Vêpres, et le Bénédicité à table… sans parler de toutes les dates liturgiques, Noël, les Rameaux, Pâques, Pentecôte… Il avait découvert sa sexualité, et, contrairement à ce que beaucoup éprouvaient, surtout dans ces temps-là, épouvantés par leurs pulsions « coupables » et leurs pensées « honteuses », notre jeune homme, lui, avait été abasourdi de découvrir cette merveille logée en son corps. et presque révolté de toutes ces heures passées à mille choses ennuyeuses alors qu'il existait un tel bonheur absolu qui ne faisait de mal à personne et que du bien à lui-même, et qui lui apparaissait plus proche du Bon Dieu que tout le reste! Toutes ces heures passées dans des salles d'étude grises, ou à réciter des prières litaniques, et il y avait ce cadeau de la Nature et de Dieu caché en lui sans qu'il le sût!

Il se demandait comment sa petite âme, qui, dans le fond, n'était coupable d'aucune grave faute, pouvait contenir une telle impétuosité de pensées. Mais il ne s'en sentait pas responsable, et se disait que l'humain était ainsi, et cela lui donnait, paradoxalement, au lieu de l'enfermer dans quelque mea culpa brûlant et solitaire, à mal juger, en même temps que lui-même, tous ses frères de route, une sorte de bonté envers chacun et envers cette incroyable espèce de vivants qui était la sienne.

Il abordait tout cela, non pas avec l'orgueil de croire qu'il pouvait en être maître, mais au contraire avec l'humilité d'accepter que cela fît partie de sa condition humaine. Et dans le fond, il n'était pas perdant, car il en tirait un plaisir extrême, sans aucune idée d'auto flagellation ni physique ni mentale. Et il considérait cette acceptation de sa condition humaine comme une simple allégeance au Créateur.

Au lieu donc d'en vouloir à son propre corps d'avoir ces pulsions inconnues jusqu'alors, il se disait que Dame Nature les avait données à l'homme pour qu'il accomplisse son rôle premier, la procréation, instinct de base incoercible afin d'assurer à tout jamais la perpétuation de l'espèce. Mais comment le cerveau humain pouvait-il être capable de pervertir des choses aussi simples et aussi proches du Créateur originel ? Et il comprenait alors combien l'homme pouvait se détester lui-même et être épouvanté. Comment le Bon Dieu pouvait-il leur donner cette pulsion invraisemblable, accompagnée de plaisir, mais d'où venaient alors ces pensées condamnables ? Et devant l'incroyable force de cette pulsion, et l'infini bien-être qui en découlait, le jeune garçon se demanda un instant comment les hommes de Dieu, les prêtres et tout le clergé faisaient pour vivre l'abstinence qui leur était imposée par l'Eglise.

Et il se demandait aussi comment ses compagnons d'étude, qui menaient la même vie stricte et religieuse que lui vivaient cette découverte, et il demeurait inquiet pour eux. Voyaient-ils les choses comme lui, ou étaient-ils plongés dans le secret des habitudes interdites et de la honte cachée ? Chacun enfermé dans sa conscience, asile du bien-agir certes, mais aussi de tous les orgueils et de toutes les affres intérieures. De cela il se sentait libre, comme par instinct, de par sa générosité et sa bonté, ne restant pas dans le sombre désir d'être parfait, ni même d'être le meilleur. Il se souciait des autres sans les juger, dans un esprit de partage et d'amour, mais sans savoir vraiment leur vérité ni leurs pensées.

Et quand il chantait des chants grégoriens à la chorale, et que son cœur battait d'émotion devant la beauté et la plénitude de ces chants, il se demandait ensuite comment l'humanité avait pu émerger ainsi, pleine de contradictions et de dissonances. Et, dans sa foi profonde en l'être humain, bien plus qu'en sa simple petite personne, il se disait que, peut-être, dans les siècles suivants, les hommes trouveraient des réponses, autres que celles assénées par les autorités ecclésiastiques. Mais, dans les siècles suivants, personne ne trouva les réponses, et au contraire, les hommes ne cessèrent de se quereller et de se massacrer, jusque à des temps lointains dans le futur dont nul n'avait alors la moindre notion.

C'était un être clair et solide, un être neuf, qui appartenait à demain, un être neuf comme ces nouveaux mondes à portée de découvertes, en ces temps généreux de l'Histoire. Un monde qui eût pu presque être porteur d'une mutation, ouvrant l'humanité à une nouvelle intelligence de la vie. Mais la mutation ne se fit pas, et l'obscurantisme et les rapports de forces continuèrent de régner pour des centaines de générations à venir.

\*\*\*

Dans toutes ces pensées qui l'habitaient se trouvait toujours logé en lui une douceur, voire une communion avec les autres, quels que fussent leurs comportements ou leurs idées.

Cette même douceur avait amené notre jeune « mutant » à s'interroger sur la pulsion de base qu'il avait découverte en lui, et qui avait quelque chose d'un peu brusque, presque animal. Et ceci l'avait poussé, pour lui-même et pour celle qu'il tenait dans ses bras, à changer ce comportement primaire, pour lui préférer une suavité plus douce et plus longue, source de moments exquis. Et petit à petit, il apprit à dominer la simple pulsion d'origine procréatrice, ce qui lui permit de prolonger sa propre félicité, mais, en outre, de garder sa prudence pour ne pas mettre une fille en danger et éviter des conséquences toujours fâcheuses pour la gent féminine. C'était un être joyeux… c'était un être généreux… Et, en fait, souvent il n'allait pas très loin avec les filles, surtout avec les jeunettes, et se contentait de quelques baisers ou de doux moments dans un sous-bois fleuri, bien conscient lui-même que c'était seulement de cela qu'elles rêvaient.

***

Sur ce plan là, avec Anne Claire, les choses étaient différentes. Il y avait comme un pacte au départ, et, très étrangement, ils n'en parlaient plus, ni dans un sens, ni dans un autre.

Les jours passaient et la jeune femme en était venue à se souvenir des conseils que lui avait prodigués Mère Madeleine pour avoir un enfant, mais elle n'était plus soudain si pressée… au risque de donner au jeune homme quelques doutes sur son pouvoir de géniteur !…

Mais il ne voulait pas laisser l'inquiétude l'habiter. Pour lui, la vie était faite, en quelque sorte, de deux ailes, comme un oiseau. Une aile étant la matière, les prévisions, les précautions, les calculs, un côté terre à terre, et l'autre aile, aventureuse, faisant confiance en la vie, en l'Invisible, en l'Esprit qui met en ordre le désordre. Et rien ne pouvait être possible si une des deux ailes venait à manquer.

v

# 1

## Une « rivalité » inattendue

Comme la jeune femme se trouvait tout à la fois dans un état indicible qui lui faisait pousser des ailes, et toujours ses petits calculs matériels pour faire tenir debout ses projets, une chose vint lui perturber le cœur, et qui lui donna en un même temps plus de liberté, et quelques interrogations auxquelles elle ne s'attendait pas.

Il se trouva que son époux vint à s'absenter parfois quelques jours, alléguant une grave avarie sur un de ses navires, ou quelques difficultés dans un négoce difficile à régler dans l'urgence. Bien que la véracité de ces dires ne fût pas mise en question, il vint s'immiscer une « confidence » de l'une des chambrières qui, disait-elle, savait que Monsieur son époux avait quelque aventure dans le port de Nantes.

\*\*\*

Très étrangement, en apprenant cela, Anne-Claire ne put s'empêcher d'être jalouse. Non d'une jalousie d'amante, puisqu'elle n'était pas amoureuse, mais d'une jalousie d'épouse, et même tout simplement, d'une jalousie de femme.

Et, blessée dans son amour-propre, comme est toujours la première raison de la jalousie, elle ne pouvait s'empêcher d'affubler cette mystérieuse « rivale » de tous les noms les plus vils, de « gueuse », de « ribaude », comme il en vient à toute femme trompée en parlant d'une maîtresse de son mari. La gamme de mots, selon le siècle, étant fort riche et abondante pour la comparer à une fille de petite vertu. Telle est souvent la réaction des femmes, délaissant ainsi toute solidarité féminine, ce qui demeure un paradoxe universel et une évidence familière.

Et de toute cette agressivité féminine elle s'étonna elle-même, cette agressivité qui, malgré tout, manquait un peu de grâce, de féminité.

***

Tristan avait cru déceler en sa petite fiancée comme il l'appelait un peu hardiment, un malaise, quelque chose d'indéfinissable. Et comme elle s'obstinait à dire que tout allait bien, il lui demanda un jour de lui parler, avec tout à la fois cette fermeté et cette douceur qu'elle connaissait bien chez lui et qui lui donnaient cette confiance éperdue. Elle raconta, et il fut au départ presque étonné de voir combien cette nouvelle pouvait, de façon invraisemblable et contraire à toute logique, altérer leur amour. Il fut inquiet de la deviner inquiète et blessée… pour si inexplicable que cela pût paraître, sentant que, à leur insu à tous deux, la chose leur échappait des mains.
Il avait compris depuis longtemps comment fonctionnait le diable, que l'Eglise brandissait comme un tentateur vous menant aux pensées interdites et aux actes inavouables, mais que c'était plutôt un phénomène pour brouiller et envenimer les relations entre les humains en se servant des malheureuses gesticulations de fierté de leur personne.

# 2

## Soirées de bohème

Le jeune homme n'eut pas de mal à trouver un moyen de distraire sa bien-aimée et de la réconcilier avec les absences répétées de son mari. Il lui proposa de l'emmener dans ses soirées un peu bohèmes et largement arrosées et de lui présenter «son univers du soir».

Cela ouvrit à la jeune femme une fenêtre insoupçonnée, qui lui fit vite oublier les tourments de son amour-propre blessé. Elle découvrait tout un monde qu'elle pressentait un peu, come elle voyait Tristan sortir à la nuit tombée, mais qui lui était totalement inconnu. Il commença à l'emmener dans les auberges et tavernes de la ville, ravi de lui faire partager ce monde qui faisait aussi partie de lui. Elle s'habillait toujours des mêmes vêtements qu'elle portait pour monter à cheval, ce qui lui donnait l'air d'un tout jeune homme.

Les soirées étaient toujours avec plusieurs amis, qui festoyaient gaiement, et ils arrivaient tous ensemble. Tous ensemble. C'était la seule condition car, disait-il, si on me voit trop souvent tout seul avec un jeune homme, on va croire que j'aime les garçons et je risque le gibet!

Ainsi, ils pouvaient goûter entre amis des viandes à la broche, et aussi quelque bon vin de Loire ou de Touraine, dans la chaude atmosphère près des flambées des rôtissoires et de l'humeur joyeuse de ceux qui, la nuit venue, brûlaient leur jeunesse à la lueur des bougies et dans le brouhaha des voix et bruit des cruchons et gobelets remplis et re-remplis.

Il y avait dans ces endroits à la fois quelques jeunes servantes au tablier serré sur leur taille fine, et aussi des femmes plus opulentes et gouailleuses, au rire sonore et au comportement quelque peu hardi, habituées qu'elles étaient à remettre les hommes à leur place, sauf, bien sûr, si l'un d'entre eux avait droit à quelque faveur.

Pour Anne-Claire, ce monde était si inconnu, et en même temps si fantastique, qu'elle s'en faisait un délice, magnifié, bien sûr par la présence de son bien-aimé. Le partage autour d'une table lui était d'une suavité extrême, et, le lendemain, quand elle s'éveillait avec la lumière du jour déjà bien avancée, elle retournait à sa chère fenêtre et, sur le petit banc de pierre qui lui avait été tout à la fois si mélancolique et si poétique, elle restait longuement dans l'immensité du bonheur de l'instant.
Et lui, tout en bas, reprenait son travail au matin, avec, dans le secret de chacune de ses cellules, un bonheur qui habitait, et son âme, et son cœur, et tous les muscles de son corps, et sa peau, et ses lèvres, dans une sorte d'immersion totale dans l'énergie du délicieux.

Ils vivaient dans cette dimension qu'on appelle l'Eternité, et qui appartient à l'absolu, qui n'appartient pas à la Terre, et qui pourtant habite chaque être humain au moins une fois dans sa vie, que ce soit l'amour fou ou l'extase mystique, et dont la perte laisse une blessure semblable à la blessure originelle du Paradis perdu.

# 3

# Petits matins

Ils étaient tellement emportés par cette sorte de « chance » que leur donnait la vie qu'ils poussaient la hardiesse jusqu'à se retrouver tous deux à l'atelier sur la fin de la nuit, accompagnés toujours par quelques fêtards attendris et complices. Une fois seuls, ils grimpaient le petit escalier qui menait aux combles, et où se trouvait une chambre rudimentaire que le jeune homme avait aménagée car il aimait vivre là où était son travail.

Là, ils restaient à s'aimer longtemps, puis s'endormaient dans les bras l'un de l'autre, jusqu'à ce que le chant de l'alouette remplace le chant du rossignol, qui lui ne chante que la nuit, comme le contera plus tard le grand Shakespeare.

Le long d'un des côtés de la place, se trouvait une sorte de passage couvert très étroit, inaccessible aux chevaux et véhicules, et par lequel elle se glissait pour rentrer jusqu'à sa demeure, par la porte dérobée qui, outre la complicité des serviteurs et servantes, lui était une providence bienvenue.

Leur témérité qui frisait l'inconscience allait jusqu'à prolonger parfois le matin jusqu'au grand jour. Il se levait avant elle, et lui apportait du pain frais avec du lait et du miel, qu'ils partageaient en riant et en s'embrassant.

C'était comme un univers parfait qui les entrainait dans un tourbillon du possible et leur faisait perdre la notion des choses. Car tout cela leur apparaissait presque comme une bénédiction, voire une approbation de l' Invisible, de

Dieu… mais leurs pensées n'avaient pas cette audace, habitants qu'ils étaient de la planète Moyen-âge et de tous ses dogmes et ses injonctions.

Tant il est difficile sur terre de lire entre les lignes de la vie. Tant il est difficile, et même quasiment impossible, de croire en une bienveillance du Très-Haut devant la réussite apparente des choses et de la matière, et en une désapprobation du Très-Haut devant les échecs et les tourments. Et chacun sait, du moins après un certain vécu, que tout n'est pas si simple. Et de savoir si le but d'un obstacle est de faire changer de route, ou au contraire de stimuler l'effort pour persévérer, chacun en connaît sans doute le douloureux questionnement dans le for intime de lui-même.

Et là, dans l'immensité fragile du présent, et loin de tous ces doutes éthiques et métaphysiques, ils vivaient leur amour comme aux plus beaux matins du monde.
C'est alors qu'advint la nouvelle qui brisa tout, quoiqu'elle fût dans la logique originelle de toute leur histoire.

# 4

# La nouvelle

La nouvelle tomba comme elle devait tomber, attendue, et pourtant foudroyante, calculée, et pourtant irradiant une force d'émotion et de questionnements face au futur.

— Voilà, je crois que je suis sûre maintenant. Je suis enceinte.
Il demeura muet, et son visage était d'une grande beauté.

… Je vais l'annoncer à mon mari. J'espère qu'il ne saura jamais rien. Il ne faut pas qu'il le sache, ça lui ferait trop de peine.

Il fut surpris un temps de cette pensée quelque peu altruiste, alors que là n'était pas l'urgence, et, en dépit de tout, il fut touché.

— Là-haut, on finit par tout savoir, ajouta-t-elle.
— Je suis sûr que là-haut, cette sorte de fierté n'existe pas, et donc non plus cette sorte de blessure.
Elle le regarda étonnée. Tant les humains ont tendance à croire en un au-delà où chacun garderait ses émois et ses jugements même lorsqu'il n'a plus ni corps ni cerveau. Mais qui peut dire ce que garde l'âme, et qui peut seulement dire quoi que ce soit du fonctionnement de l'au-delà.

Lorsque son époux apprit la nouvelle, il fut fou de joie. Et la jeune femme, malgré tout le fouillis d'émotions qui se tordaient dans tous les sens en son cœur, fut touchée de son émoi, et touchée, elle aussi, dans ce déferlement.

Anne-Claire renonça alors à ses escapades à cheval, et aussi à ses soirées dans les auberges ou les tavernes.

***

Lui avait vécu tout cet état d'insouciance et de bonheur fou, presque dans un désir volontaire de préserver l'instant comme un diamant qui aurait eu l'éternité propre à cette pierre légendaire.

Elle avait vécu cet amour, tout à la fois si léger et si profond, dans une sorte d'instinct de survie, là où l'âme et le corps sont en harmonie.

Tous deux dans un état de rébellion et en même temps un état d'obéissance sacrée aux lois du bonheur. Le bonheur, qui est le premier et total absolu de Dieu pour les hommes, « ses bien-aimés ».

***

Ils refirent encore quelques fois l'amour, doucement, tendrement, encore oublieux pour quelques instants de leur soudaine fragilité.
Tous deux baignant, de corps, de cœur et d'âme, dans cette étrange condition qu'est la nôtre. La frêle humanité, cette incroyable race de vivants, faite de nature et de chair, et de ce quelque chose d'autre, qui lie les êtres d'un lien si généreusement céleste.

# 5

# Questions sans réponses

Ils restaient ainsi encore dans cette sorte d'état second qui leur était propre. Malgré le « sevrage » l'un de l'autre, que la vie leur imposait soudain, ils continuaient de se voir, les matins des jours de marché, au milieu du brouhaha et du va-et-vient des chalands. Et juste d'effleurer sa robe, de prendre sa main dans le secret de leur complicité, et même de l'embrasser sur les lèvres au fond de l'atelier, lui donnait des joies si vives que plus rien ne comptait. Pour elle aussi, le partage de toutes ces émotions n'était encore que pur bonheur.

Pourtant, petit à petit, l'état de leur cœur, et par là, le profond de la relation et aussi la logique de l'évènement vint à changer presque à leur insu. Elle se trouva très vite préoccupée de son état, d'un changement qui s'installait doucement mais inexorablement, de ce petit corps qui commençait à pousser en elle, comme elle l'avait tant désiré.

Pour lui, justement l'idée de ce petit enfant, qui était le sien d'une façon aussi invraisemblable, et qui lui était tout à la fois si proche et si lointain, vint alors s'installer dans son cœur. Il avait voulu jusqu'alors repousser toute pensée d'inquiétude et de doute. Et là, soudain, il s'apercevait que, en dépit de tout, la situation le mettait en souffrance.

C'est alors que vint à son esprit une décision qu'il avait reportée à plus tard depuis plusieurs mois, mais qui continuait de le passionner, et qui, dans ce moment là, se trouvait bienvenue et salvatrice.

Il allait partir. Il avait entendu parler de nombreux chantiers de cathédrales, un incroyable élan de création artistique et de ferveur mystique soulevait alors le monde de cette fin du Moyen-âge, dans un mouvement de totale beauté et dans l'énergie du devenir, comme l'humanité sait en avoir en gestation pour ne jamais cesser d'être vivante.

# 6

# Partir

Tandis qu'ils étaient tous deux dans l'arrière-boutique, il lui annonça son prochain départ. Il garda les yeux fermés un instant, puis les releva vers elle, et son visage avait tout à la fois quelque chose de douloureux et de rayonnant. Elle demeura quelques minutes sans rien dire, puis bredouilla :

— Comme un Tour de France alors… Mais c'est donc bien loin ! Et bien longtemps !

Il la serra dans ses bras. Il y avait en lui une étrange force qui l'empêchait d'être malheureux.

\*\*\*

Quelques jours plus tard, elle revint à l'atelier. Il avait déjà fait quelques rangements, et elle promenait son regard sur toutes choses, en essayant de garder ses forces.
— Je t'écrirai, dit-il, et j'enverrai mes lettres ici, à l'atelier. Un de mes amis, François, viendra les jours de marché, pour ne pas abandonner tout à fait mes chalands. Je veux surtout aller sur les chantiers de cathédrales. Demain, je te présenterai mon ami, mais tu le connais déjà, il était souvent avec nous dans nos soirées en ville.

En effet, elle le reconnut. Elle n'avait guère fait attention dans ces moments là…

Il aurait pu détoner un peu dans le groupe de joyeux fêtards car il était beaucoup plus âgé, mais il avait gardé tout à la fois cet aspect et surtout cet état d'esprit de la bohème du Quartier Latin. Ses cheveux étaient blancs, et quelque peu rebelles, et il avait sans doute fait quelque effort pour être présentable dans son rôle de gardien de l'atelier.

*** 

Quand ils furent un instant seuls, Anne-Claire tourna son visage vers celui qu'elle appelait secrètement son petit fiancé :

— Tu me seras fidèle ?

— Oui, bien sûr.

Il n'était pas tout à fait sûr, mais était-ce le moment de la faire souffrir, d'autant que, dans la minute présente, il était sincère.

Car, dans la démarche de vivre l'instant, les serments et les engagements de deux êtres séparés par la vie sont de bien minces certitudes, et la Terre n'est pas une planète tranquille. Mais n'est pas non plus une planète d'absolu, et toutes attitudes sont possibles, depuis celle de la légendaire Pénélope jusqu'à celle, peut-être un peu moins constante, de son très cher époux.

# 7

## Des époques et des hommes

Il est des temps d'ébullition dans l'histoire du monde, où les hommes semblent mystérieusement connectés à quelque force de l'invisible qui propulse l'humanité vers l'inconnu et l'insoupçonné. A cela sont connectés des êtres tout à la fois ignorants de ce qui se produit, portés par ce qui se produit, et en même temps acteurs, à leur échelle, de ce qui se produit.

Ainsi fut ce temps des bâtisseurs de cathédrales, puis des grands navigateurs partant à la découverte de terres inexplorées.

Il en est de la vie de chacun comme de la vie des peuples. Il est des temps joyeux, et des temps abandonnés, où les choses ne fonctionnent pas de la même façon. Dans les temps abandonnés, l'humanité mord la poussière et les peuples sont en souffrance.

Mais là, au contraire, les temps étaient impétueux et solaires, et notre jeune homme allait en cueillir la vigueur tout au long de son périple, enrichissant son savoir-faire dans les chantiers des bâtisseurs, et, par là aussi, sa foi qui touchait à l'exaltation. C'était toujours son infinie soif de vivre et d'être vivant qui lui faisait partager avec les autres ce travail dans le beau et le sacré, baignant avec ivresse dans ce mouvement qui soulevait les artisans et les artistes aux prises avec la matière brute jusqu'à la faire décoller de terre.

**VI**

# 1

# Sur les routes

Qu'il fût fidèle, sans doute pas. C'était un jeune homme normal, et il y a toujours sur terre une jolie fille pour un joli garçon. Juste de l'impétuosité de son âge, de sa nature à la fois bienveillante et généreuse, comme rebelle à toutes les ascèses et les restrictions imposées par l'Eglise. Eglise que néanmoins il servait de tout son cœur, en participant à ce travail des bâtisseurs de Cathédrales. Ces Cathédrales qui allaient faire rayonner la Chrétienté, dans l'espace et dans le temps, non seulement jusqu'aux confins du monde, mais aussi jusqu'aux confins des siècles.

Quoiqu'il en fût, dans ce qu'on eût pu appeler ses fredaines, par respect pour la gent féminine, il était toujours prudent. Chose qu'il avait oublié un temps, repensait-il parfois avec un sourire intérieur et attendri, quand il était avec celle qui restait sa bien-aimée, dans cette aventure dont le but premier avait été de faire un enfant.

Qu'elle pût elle-même avoir quelques amours buissonnières ne lui effleurait surtout pas l'esprit, comme cela n'effleurerait surtout pas l'esprit de la jeune femme. C'était ainsi dans ces temps anciens.

Mais notre apprenti bâtisseur, entre des moments très épicuriens, et, au contraire, des moments passés dans la prière, tout en travaillant, comme il le faisait naguère dans son atelier, ou en un recueillement profond le soir, n'oubliait pas sa bien-aimée, et lui écrivait de longues lettres pleines de tendresse et d'espoir.

Il savait désormais que l'enfant était né, et la pensée de cet enfant ne lui donnait pas d'amertume. Elle le remplissait de joie, et aussi d'une vigueur insoupçonnée. Il est chez l'homme une force, une fierté, voire une ivresse chevaleresque à avoir un fils.

# 2

# L'enfant

Régulièrement, Anne-Claire descendait à l'atelier les jours de marché, où François exposait quelques meubles et donnait quelques nouvelles du jeune ébéniste à ses chalands familiers. Et là, il lui confiait une lettre, qu'elle lisait avidement, non point oublieuse de sa nouvelle vie désormais, ni du bébé, mais comme une nécessité profonde de sa survie.

Tant les lois et les arrangements des humains sont parfois fallacieux et sordides tout en pensant être très droits, et tant, devant ce bourbier, la survie de l'être ne peut se faire qu'en glanant éperdument et de façon quasi instinctive tout élément possible de bonheur.

A cette quête tout à la fois fantasque et humainement raisonnable, cette quête de douceur pour rendre le cœur content, se mêlait bien sûr, et de façon bien plus réelle, cet enfant, ce cadeau porteur de tout et ne correspondant à rien, cet enfant totalement dorloté et béni, dans lequel elle retrouvait secrètement tout ce bonheur qui lui avait été donné et que, en même temps, elle avait arraché presque violemment à la vie.

Car l'enfant était là, à nourrir, à dorloter, à soigner, à laver, l'enfant était là, l'enfant était.

Et, de surcroît, s'ajoutait à cet imbroglio de sentiments, un regard soudain bienveillant envers son époux, qui s'était trouvé débordé de joie à la naissance de ce tout petit.

De toute cette montagne secrètement irisée des ressentis, se construit une cathédrale dont nul n'a jamais notion, car elle appartient au monde qui n'est pas matière, et qui n'a rien à voir avec nos misérables châteaux de sable dont on dit qu'ils sont la solidité du monde.

# 3

# L'ami de Tristan

Et c'est alors aussi que naquit, pour la jeune femme, une amitié jusqu'alors insoupçonnée.

C'était François, cet homme qui lui confiait régulièrement les lettres. Elle l'avait vu, en effet, très souvent, dans les tablées insouciantes et joyeuses, ou parfois plus sérieuses quand s'entamaient des discussions, mais elle n'y avait jamais accordé d'importance. Elle se souvenait que, parfois, il faisait rire toute la compagnie, et il faisait rire son bien-aimé, et s'il faisait rire son bien-aimé, il était digne de quelque attention, mais sans plus. Tant elle était, dans ce vécu partagé avec Tristan, tant elle était sa petite fiancée, sa petite éperdue, sa petite sienne…

Ce qu'elle ne connaissait pas, c'était l'amitié profonde qui reliait ces deux hommes depuis des années, et ce qu'elle ignorait totalement, c'était que notre vieil étudiant bohème était quasiment tombé amoureux d'elle dès qu'il l'avait vue. Mais cet amour, et le lien avec son ami le tenaient si intensément par l'intérieur que leur bonheur à tous deux le remplissait de joie. Tout ce qui habitait le cœur de ceux qu'il aimait se trouvait bienvenu en lui. C'était un être rare et généreux.

La jeune femme s'asseyait souvent dans l'atelier, profitant de quelque banc ou coffre, dans le climat omniprésent de tout ce travail du bois soudain à l'arrêt, dans ce calme qui la baignait de son amour désormais si loin. François venait aussi s'asseoir et ils parlaient tous deux longuement. Très étrangement, le lien avec cet ami était pour elle comme un moyen de ressentir cette présence qui lui manquait tant, et, par ailleurs, que son bien-aimé eût un tel ami lui en donnait d'autant plus de loyauté et d'estime.

Malgré son aspect, qui n'était ni velours ni dentelles, il appartenait à une famille aisée, dont il avait dû, sans doute, faire le désespoir.

C'était un homme cultivé, voire érudit, bien qu'il n'eût rien en lui de l'atmosphère bien cirée et silencieuse des bibliothèques. Outre cette culture, qui le reliait au passé, il avait en lui un enthousiasme pour le présent, et surtout la conscience de tout le devenir dont ce présent était porteur, dans ce monde d'alors, qui allait gonfler les voiles vers le grand large, à tous les sens du terme.

# 4

# Maladie

Cet hiver là, Sire Jacques tomba malade. Les premiers temps, il essaya de résister et continua à s'occuper de ses affaires. Mais la maladie ne passait pas. La fièvre et une méchante toux ne cessaient de le clouer au lit. Le médecin appelé à son chevet ne semblait guère apte à le soulager et Anne-Claire se sentait un peu désemparée devant ce nouvel état de faits. Elle restait doucement auprès de son lit, silencieuse et pensive. Parfois, quelque chose effleurait son esprit, qu'elle chassait, tout de suite en secouant la tête, comme si un simple mouvement physique eût pu chasser le mauvais. Pour être sûre de ne pas penser, elle se mettait alors en prières. Elle savait ce qui pourrait monter dans son esprit, elle le savait, et cela la terrorisait. Enfin, après plusieurs jours, elle prit une décision. Elle s'équipa pour le froid, et partit voir Mère Madeleine.

Mère Madeleine était là, près du feu. Elle ne changeait pas, toujours porteuse de cet apaisement intérieur, et son regard restait tout à la fois tranquille et vif, de quelque lumière profonde qui réconfortait Anne-Claire.

La jeune femme s'assit à la grande table. Elle raconta, parla de la maladie de son époux, simplement, sans rien y mettre de son désarroi, décrivit les symptômes, et demanda de l'aide.

Mère Madeleine se leva, remit une buche dans le feu, et alla jusqu'au fond de la pièce. Elle mélangea quelques gouttes prélevées de divers flacons, en vérifiant soigneusement les noms inscrits dessus, puis elle posa la fiole sur la table.

« Tiens, tu emporteras ça. Ce n'est pas une potion miraculeuse, c'est un mélange d'herbes qui peut guérir. Il faut en donner tous les jours, plusieurs fois par jour. »

Elle regarda la jeune femme, recherchant la clarté et néanmoins la mesure dans l'intensité du moment.

« Et cet homme, qui est le père de ton enfant, tu l'aimes toujours ?

— Oui. » La réponse était venue dans un souffle, et l'émotion nacrait ses joues.

Leurs regards se croisèrent un instant, chargés de sous-entendus.

« Soigne bien ton mari, fais de ton mieux. Ne laisse aucune pensée mauvaise habiter ton esprit. Nous n'avons pas le droit de nous servir du mauvais... Sous aucun prétexte. »

Anne-Claire glissa la petite fiole sous son manteau et se leva.

« Je vais repartir... Merci, merci... Il fait si bon ici mais je dois repartir. »

Mère Madeleine l'accompagna jusqu'à la porte. Elle caressa doucement le visage de la jeune femme, en guise d'au-revoir, et, tandis que celle-ci franchissait le seuil, elle ajouta :

« Rappelle toi toujours. Sous aucun prétexte. »

# 5

# Deuil

Malgré les fourrures qui garnissaient la lourde étoffe de ses robes, et malgré les plus fins duvets d'oie qui chauffaient sa literie, et malgré les bassinoires de cuivre glissées soigneusement sous ses draps, Sire Jacques restait fiévreux et tremblait de froid. Anne-Claire préparait la médecine, et il la buvait, accompagnée d'une tisane, et un soulagement semblait l'habiter quelque temps, mais la guérison ne venait pas.

La jeune femme, près du lit, pleurait. De quoi pleurait-elle, elle ne savait pas. Peut-être de l'étrange malédiction qui pèse sur l'humanité, de cette incapacité qu'ont les êtres humains à être heureux. Et ses larmes disaient en silence l'absurdité de la condition humaine. Elle pleurait et pleurait, et les servantes se trouvaient en grande émotion, comme si elle se fût mise en chagrin pour son époux mourant.

Le 13 Février de cette année-là, comme l'hiver retrouvait un peu de clémence, et que la glace commençait à fondre sur les étangs, libérant ainsi les roseaux emprisonnés dans son étau, Sire Jacques Armoise, armateur et commerçant en épices et étoffes et autres produits du Levant, rendit l'âme à cinq heures de la matinée, peu avant l'aube.

Anne-Claire reçut cette nouvelle au creux de ses mains juvéniles, sans trop comprendre ce qui arrivait. Elle serra sur son cœur le petit garçon orphelin, doublement orphelin, et elle resta là, elle-même orpheline, orpheline de certitude et de paix, elle serra l'enfant et pleura, et l'entourage fut encore ému de son deuil.

# 6

# De la condition humaine

Ce jour-là, quand François revit Anne-Claire, elle était vêtue de noir et il comprit. Elle lui avait parlé, bien sûr, de la maladie de son mari, et lui-même en avait informé Tristan, qui se trouvait alors sur un chantier en Pays d'Oc.

« Je me dois de faire mon deuil », dit la jeune femme. Elle marqua un moment d'hésitation, silencieusement peuplé de toute la complicité qu'il y avait entre eux. « Ce n'est pas qu'une question de convenances et de qu'en-dira-t-on, mais je me dois de faire mon deuil. » François baissa les paupières, il savait que Tristan comprendrait. Il savait qu'il aurait hâte de la revoir, mais la mort avait quelque chose de redoutable et de sacré, comme toute l'évidence de la condition humaine, et la respecter faisait partie, non pas de données de bienséances mais d'une acceptation profonde devant la question abyssale posée pour toujours à l'humanité.

# VII

# 1

# Messager

François apporta la nouvelle. Et elle laissa, bien sûr, l'âme du jeune homme tumultueuse et intense. De quelque manière qu'il posât sa pensée, il ne trouvait nulle part où la mettre en paix.

« Anne-Claire m'a dit qu'elle se devait de faire son deuil. » poursuivit François. « C'est quelque chose de profond chez elle. Tu la connais….

— Oui, je vais lui écrire… mais je veux laisser son cœur dans la quiétude que donnent les rituels »

Et, parlant ainsi, il l'enveloppait à distance de tout son amour, de toute la douceur de son amour, dépassant par là, dans cette communion à la fois inattendue et totalement à l'unisson, tous les critères conventionnels.

« Tu me donneras ta lettre » poursuivit François, « mais voilà, il y a autre chose… Je ne vais plus pouvoir continuer ces trajets. Je vieillis, tu sais, et puis, je crois que j'ai la nostalgie du pays Nantais.

— Je comprends. Je trouverai un moyen pour acheminer le courrier. Et je vais peut-être m'éloigner encore et descendre jusqu'à la Méditerranée. Je vais essayer d'expliquer tout cela à Anne. »

Et il rédigea alors une lettre à confier, pour la dernière fois à son vieil ami.

« J'ai beaucoup prié pour nous deux… Pour nous trois, ton enfant, notre enfant… mais je n'ai jamais prié, bien sûr, pour que ton mari tombe malade et soit emporté. Dans les prières au ciel, il ne faut jamais mettre des intentions destructrices ou méchantes, sinon les prières se détournent de leur chemin et, en appartenant désormais au mal, deviennent malfaisantes. Et pourtant je dois t'avouer que, d'apprendre ton soudain veuvage ne m'a pas causé la tristesse communément liée au deuil….

J'en meurs d'envie, mais je ne viendrai pas tout de suite… » ajoutait-il en la couvrant de baisers.

Il ajoutait que François, désormais, ne porterait plus le courrier…

***

François avait lu la lettre et avait regardé Tristan avec un petit sourire de vieille amitié, un peu gêné d'être soudain considéré comme un « vieux », lui qui n'avait jamais ressenti ce fossé quand ils se côtoyaient pendant les soirées arrosées des tavernes. Les deux compagnons étaient restés un instant silencieux songeant à l'immensité du devenir de la vie et à l' humble acceptation de chacun devant le non-retour du poids des années, qui est aussi, et à son tour, une obéissance à Dieu. Une obéissance, quand l'exaltation de la jeunesse et l'énergie de l'âge adulte se muent en une conscience de la faiblesse du corps, du cœur et de l'esprit.

# 2

# Catalunya

Notre jeune voyageur désormais solitaire arriva en Catalogne. C'était un pays qui avait été autrefois le Royaume de Majorque, mais avait été annexé par l'Espagne. On y parlait une langue inconnue, le Catalan, qui n'était ni le Français ni l'Espagnol, ni non plus les langues du Pays d'Oc, comme le Gascon ou le Provençal.

Quelque temps passa. Tristan avait écrit qu'il resterait éloigné, comme convenu, malgré leur désir à tous deux de se revoir, et qu'il avait décidé, puisque il n'en était plus très loin, d'arriver jusqu'à la Méditerranée, poussé par quelque soif de découvrir ce monde inconnu. Ce monde qui fut berceau de tant de civilisations brillantes, un peu occultées en ces temps très chrétiens du Moyen âge, mais qui commençaient à renaître dans l'esprit d'une élite intellectuelle et artistique. De plus, notre pèlerin solitaire avait entendu parler d'une cathédrale dont le chantier était en cours, en la bonne ville de Perpignan, en Pays Catalan.
Il allait découvrir là un art dont il n'avait pas maîtrise, le fer forgé. Les pentes des Pyrénées toutes proches étaient pleines de ce métal précieux, et l'art de la forge était devenu une tradition ancestrale. Les lourdes portes des chapelles et des églises et d'autres édifices étaient ornées de ces volutes façonnées par les maîtres forgerons du pays.

Il écrivit à Anne-Claire une longue lettre pour lui raconter tout cela. Il terminait par ces mots :

«J'ai hâte de rentrer en pays Nantais et de vous retrouver. On pourra vivre dans le petit manoir de mes parents, que tu connais bien… Il faut être discret et prudent. Il ne faut jamais braver de front la désapprobation populaire, si stupide soit-elle. La malveillance a un pouvoir insoupçonné sur le bonheur des êtres qu'elle jalouse.»

Il terminait en la couvrant de baisers, et alla confier la lettre à un courrier postal comme il en existait quelques uns dans le pays.

Notre jeune voyageur alla bien sûr, jusqu'aux rivages de la Méditerranée, et il resta longuement songeur devant tout ce que cet espace renfermait de brillant passé, avant que vînt sur terre cet évènement qui avait bouleversé le monde pour l'entrainer dans l'aventure de la Chrétienté.

Il parcourut aussi l'arrière-pays, les collines couvertes de chênes verts, découvrant çà et là quelques chapelles romanes, presque naïvement bâties là avec leur robustesse, si différentes des cathédrales, et souvent, non point dans les villes comme les cathédrales, mais dans les villages ou isolées au cœur de la Nature, comme témoins d'une paysannerie attachée à la tradition religieuse. Il découvrit une Chapelle, appelée Sant Père de la Serra, et à l'intérieur, un Christ de bois peint, aux yeux grand ouverts, entièrement vêtu de sa robe de gloire, et qui le fascina. Et il songea à la petite statue de Marie qu'il avait travaillée tout en songeant à cette jeune femme qui était rentrée dans sa vie si brusquement, cette statue qu'il avait laissée au pays sans même la terminer. Une vague de nostalgie lui balaya doucement le cœur, comme un désir soudain de retrouver son atelier et tout son travail.

# 3

# Le doute

Anne-Claire avait reçu deux lettres par le courrier de Poste. Elle se mit à les attendre impatiemment, mais les jours passaient, et plus rien n'arrivait.

Une inquiétude se mit à l'habiter soudain, mais point vraiment de ce que devenait son bien-aimé, mais plutôt un doute, un vide. Comme les jours passaient et passaient, un mal-être insidieux l'envahit, et elle restait désemparée devant cette sensation de vide. Elle en vint même à se demander si Tristan n'avait pas rencontré une autre femme, s'il n'avait pas décidé de rester là-bas, et commença à penser qu'elle ne le reverrait pas, qu'il ne reviendrait jamais.

Elle ne descendait même plus à l'atelier, sachant bien que par là, elle n'aurait plus aucune nouvelles, et, sans être vraiment vindicative, elle ressentait quelque amertume de cet abandon soudain, comme si les deux compagnons l'eussent abandonnée en même temps. Et sa souffrance devint si vive qu'elle ne se souciait plus ni de l'un ni de l'autre, ni de quiconque non plus sur terre. Comme il en est ainsi souvent dans le profond de l'âme humaine en détresse.

Elle ne s'asseyait plus à sa chère fenêtre. La langueur et la mélancolie n'étaient plus de mise en elle. Même l'enfant la laissait indifférente, et, n'eût été le travail assidu des servantes, elle aurait négligé de s'en occuper.

Malgré l'impétuosité de ses émotions, il lui semblait qu'elle avait toujours maîtrisé les situations. Et là, au contraire, elle se sentait submergée, elle avait des crises de désespoir qui lui faisaient très peur, et elle pleurait à longs sanglots dans l'intimité de sa vie.

Elle partait faire des chevauchées par les bois, mais la maison de Mère Madeleine ne l'attirait plus, comme si elle n'eût plus besoin de douceur ni de bienveillance. Elle parcourait les bois au galop de sa jument, le souffle court, les joues rosies, essayant de s'enivrer ainsi dans l'oubli, ne sachant pas elle-même ce qui l'habitait alors.

Et puis un jour, elle vit que l'atelier était ouvert, et elle descendit. C'était un jour de marché, et François était là. Il ne l'avait pas vue de quelque temps et s'approcha d'elle, mais elle resta en arrière.

«Comment vas-tu? Tu as des nouvelles de Tristan?»

Elle ne répondit pas. Elle n'avait rien à répondre. Sa gorge était serrée, et des larmes lui brûlaient les yeux… elle fit silencieusement un signe de la tête qui disait «non». Puis elle se précipita dans ses bras en sanglotant.

«Pardonne moi, reprit François, j'ai été en souci de ma famille dans les jours passés et je suis resté éloigné. Comme tu sais, je ne puis désormais faire un si long chemin, mais je peux peut-être essayer d'avoir des nouvelles par les relais de poste. Je ne te promets rien, c'est bien loin là-bas, tu sais.»


Il y avait sur une étagère la petite statue de la vierge que Tristan avait laissée sans la terminer, mais Anne ne savait pas combien il l'avait travaillée le jour où il avait reçu la lettre. Une douceur immense l'envahit soudain, et un apaisement comme elle n'en avait pas eu depuis longtemps.

# 4

# Nouvelles

Au bout de quelques jours, François envoya un message à Anne par l'une des servantes, lui demandant de venir le voir sans attendre.

Un de ses amis avait pu contacter le chantier de la Cathédrale à Perpignan, et il avait pu avoir des nouvelles, par un des maîtres-charpentiers qui parlait à la fois le catalan, l'espagnol et le français. Tristan avait eu un accident. Il avait fait une chute sur le chantier du clocher, en essayant de rattraper une pièce qui allait tomber.

Resté longtemps inconscient entre la vie et la mort, et cloué sur un lit, blessé au bras et à la jambe, il était, lui avait-on dit, désormais hors de danger, par la Grâce de Dieu.

Le chantier de la Cathédrale l'avait pris en charge, pour les soins et le quotidien de sa vie, mais il n'avait plus un sou pour acheminer du courrier.

\*\*\*

Anne resta quelques secondes silencieuse, tant la nouvelle était, non mauvaise bien sûr, mais si impétueuse qu' elle lui coupait le souffle. Puis elle se mit à pleurer et à rire, comme l'on est dans ces moments où le rire et les larmes ne sont qu'un sur un visage soudain rasséréné. Et la pensée des jours sombres de douleur morale et surtout physique que son bien-aimé avait vécus, fit place très vite à la vigueur de l'espoir.

Son esprit pratique revint à la charge, comme toujours.

« Dis-moi, François, y a-t-il un moyen de payer un messager, un courrier, et d'avoir des réponses en retour. Tu le sais bien, je peux payer pour cela. »

François eut un sourire attendri.

« Je pense que c'est chose possible. Beaucoup de choses sont possibles avec quelques écus. »

# 5

# De la Femme et de la vie

Pouvoir agir ainsi sur l'évènement, et pouvoir disposer de cette richesse, dont elle avait profité bien sûr jusque là dans un confort de vie quotidien, mais sans pouvoir vraiment l'utiliser à sa guise, lui donnait tout à coup une sensation inconnue. Ajoutée au bonheur d'avoir retrouvé son bien-aimé, il y avait cette soudaine maîtrise de sa vie qui lui gonflait le cœur de force.

Bien qu'elle fût veuve depuis déjà quelques mois, elle n'avait pas vraiment pris conscience de son nouveau statut. Des magistrats vêtus de robes étaient bien venus à son logis, accompagnés de jeunes clercs attentifs et appliqués, et prononçant des paroles pas toujours compréhensibles sur un ton solennel, parlant de « Madame Veuve Armoise » et de « volontés du défunt », mais elle était comme dans un état second. On avait certes parlé d'argent autour d'elle, on lui avait laissé des documents, et même des clés de coffres.

Et là, dans cette euphorie, tout à la fois de la perspective de retrouvailles, et cette liberté magnifique, qui ne lui avait pas un instant effleuré l'esprit auparavant, elle se mit à songer à toute cette incroyable aventure de vie, et à ce qui avait réveillé en elle cette vitalité, cette vitalité qui l'habitait déjà quand elle s'asseyait près du petit paysan dans le parc du château de son enfance, quand elle chevauchait dans les bois avec sa jument nouvellement offerte par son parrain…

Une vitalité qui n'avait cessé de la mener, transformant même désormais son ancienne résignation devant ce mariage arrangé en une clé pour le futur. Quelque chose de vigoureux, de brave, comme les voiles trempées et gonflées par les vents, et qui allaient partir à l'assaut de mers inconnues.

# 6

# Le retour

François s'occupa scrupuleusement de la logistique, et du courrier. L'important était désormais de trouver moyen de ramener le jeune convalescent jusqu'au pays, car il n'était plus possible pour lui, dans son état, de chevaucher. Il fallait aussi trouver des relais où il pourrait faire halte en toute quiétude. Quelques amis furent précieux pour organiser ces tâches, comme sont les amis dans ces moments là. Et précieux aussi furent les paiements que la jeune veuve put confier afin de mener à bien ce voyage.

Tristan était encore bien affaibli. Ces longs jours passés, cloué au lit, et ces longues nuits à souffrir l'avaient beaucoup changé. Il écrivit encore une lettre à Anne où il confiait tout cela, et comme il avait découvert que nul n'échappe au dur apprentissage des choses de la vie. Il terminait bien sûr en la couvrant de baisers et ajoutait ces mots : « Je n'ai qu'une hâte, c'est d'être près de toi. »

# Epilogue

Ils se retrouvèrent, après tous ces longs mois d'absence, d'évènements et d'émotions, pour lui, et d'attente et de turbulences intérieures pour elle. Et l'aurore qui se leva ce matin là fut emplie de ce quelque chose qui ne se voit ni ne s'entend, sauf dans les confins du ciel.

Ils s'installèrent dans le petit manoir avec l'enfant, que Tristan, fou de joie, avait pu enfin serrer dans ses bras. Il y avait mille choses matérielles à régler, afin de préserver ces biens qui étaient désormais laissés en héritage.

Ils allèrent chez Mère Madeleine pour fêter ce beau retour. Par la suite, ils revinrent dans sa petite maison chaleureuse, pour partager des soirées, accompagnés de François, qui commençait à préférer cette douceur à ses beuveries effrénées du passé.

Au bout de quelques mois, ils se marièrent en cette église de Nantes, où Anne-Claire allait prier Marie autrefois, pour lui demander secours. Dans une petite niche sur le côté, il y avait la délicate statue de bois que Tristan avait offerte à la paroisse en cadeau et qu'il avait terminée dans son cher atelier retrouvé. Et il s'était souvenu de tout l'amour qu'il avait mis dans ce travail, quand, un beau jour, un jour fou, un jour sorti de l'invraisemblable, une femme était venue à lui avec, dans ses mains, une lettre qui contenait leur destinée à tous deux.

*\*\**

La Terre n'est pas une planète tranquille, mais elle a besoin de grands bonheurs, pour que survive l'humanité qui l'habite.